© 강영호

김탁환

1968년 진해에서 태어나 서울대학교 국어국문학과와 동 대학원을 졸업했다. 장편소설 『뱅크』, 『밀림무정』, 『눈먼 시계공』, 『노서아 가비』, 『혜초』, 『리심, 파리의 조선 궁녀』, 『방각본 살인 사건』, 『열녀문의 비밀』, 『열하광인』, 『허균, 최후의 19일』, 『불멸의 이순신』, 『나, 황진이』, 『서러워라, 잊혀진다는 것은』, 『압록강』, 『독도 평전』, 소설집 『진해 벚꽃』, 문학비평집 『소설 중독』, 『진정성 너머의 세계』, 『한국 소설 창작 방법 연구』, 산문집 『뒤적뒤적 끼적끼적』, 『김탁환의 쉐이크』 등을 출간했다.

혁
명

2

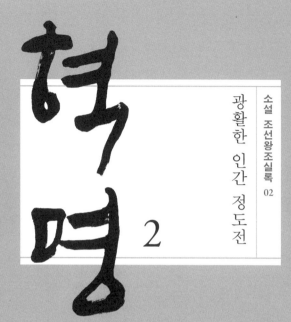

혁명

광활한 인간 정도전

소설 조선왕조실록

02

2

김탁환

민음사

10장

육덕위

肉德威

● 3월 정미일*

◎ 대장군 이성계가 계속 해주에 머물렀다.
해주의 관원들이 문병을 청하였으나 만나지 않았다.

◎ 왕이 왕성에 머물렀다.
세자가 편전으로 나아와 명나라 황제로부터 받은 선물을 하나하나 설명하였다. 왕은 그중 금 2정과 은 7정을 도당에 내려 나랏일에 사용하도록 하였다. 왕이 하문하였다.
"명나라 황제의 삶은 어떠하더냐?"
세자가 답했다.
"말로 형언하기 어렵사옵니다. 높고 단단한 벽을 열 개

---

* 1392년 3월 26일.

는 지나가야 겨우 환관들이 드나드는 문 앞에 이르옵니다. 거기서 또 환관의 안내를 받아 열 개의 벽을 통과해야 황제를 뵐 수 있사옵니다."

"그 표정이 어떠하더냐?"

"같은 궁 안에 머무르긴 했사오나 하명을 받지 않고는 고개를 들 수 없사옵니다. 딱 두 번 고개를 들어 우러렀사온데, 거리가 너무 멀어 표정까지 살피진 못하였사옵니다."

"신하들은?"

"두려운 마음에 감히 입궐하는 것조차 꺼렸사옵니다. 제아무리 벼슬이 높다 하여도 황제의 말 한 마디에 하옥되고 목숨이 달아나는 일이 적지 않다 들었사옵니다."

"황제께서 나에 관해 묻진 않더냐?"

"하문하지 않으셨사옵니다. 세 인물을 거명하긴 하셨사옵니다."

"누구를 이름이냐?"

"대장군 이성계가 화살 하나로 호랑이를 잡은 것이 사실이냐 하문하셨사옵니다."

"또?"

"포은 정몽주의 시와 사람 됨됨이가 과연 당나라 이백에 견줄 만큼 호방하냐고 하문하셨사옵니다."

"또?"

"삼봉 정도전이 진정 맹자의 나라를 만들려 하느냐고 하문하셨사옵니다. 그리고 또 하교하셨사옵니다. 『맹자』는 공자의 뜻을 따르며 인(仁)을 강조하긴 하나, 잘못 쓰이면 참으로 위험한 책이니 멀리 두고 젊은 서생들이 탐독하지 않도록 하는 것이 상책이라 하셨사옵니다."

"어찌 답하였느냐?"

"대장군 이성계의 궁술은 천하제일이라 아뢰었사옵니다. 특히 마상에서 갖가지 자세로 화살을 쏘는 신기(神技)를 설명드렸더니 놀라워하셨사옵니다. 포은의 시는 과연 호쾌하며 사람 또한 시처럼 진중하고 막힌 곳이 없다고 답하였사옵니다. 아주 작은 일상에서도 큰 깨달음을 얻으니, 그를 스승으로 모시고 군왕의 바른 도리를 배우고 있다고 덧붙였사옵니다. 예를 들어 보라 하명하시기에 「글씨 쓰기〔寫字〕」라는 시를 급히 외웠사옵니다."

"외워 보거라."

"예쁘게 쓰려 하면 오히려 미혹해지고/ 종횡으로 기운을 내면 또한 비뚤어지니/ 두 가지에 기울지 않고 묘결(妙訣)을 통해야/ 살아 있는 용과 뱀, 붓끝에서 써내리라.(心專妍好翻成惑 氣欲縱橫更入邪 不落兩邊傳妙訣 毫端寫出活龍蛇)"

"삼봉에 대하여는 무엇이라 답하였느냐?"

세자가 감았던 눈을 뜨고 답했다.

"고려에서 맹자의 일인자는 삼봉이 아니라 포은이라고, 포은이 힘써 맹자를 공부하고 또 가르쳤기에 고려의 서생이 비로소 맹자의 참뜻을 익히게 되었다고 바로잡았사옵니다. 삼봉에 관해선 따로 그 사람됨은 알지 못한다고 아뢰었사옵니다."

정도진이 죄를 얻어 귀양을 떠났기에 세자가 황제의 하문에 말을 아낀 것이다.

◎ 정몽주가 십자가에서 장패문으로 가던 길에 철동(鐵洞)에 들렀다. 장인들이 칼과 창과 도끼, 낫과 괭이와 작두를 만드는 모습을 지켜보았다. 걸음을 돌려 성균관으로 향했다.

◎ 이방원이 조영규를 은밀히 불러 의논했다.

조영규가 분을 참지 못하고 말했다.

"괴한 네 놈이 대문과 후문에 각각 짝을 지어 숨어 있습니다. 조준, 남은 대감댁도 마찬가지란 걸 확인했습니다. 당장 가서 벨까요?"

이방원이 답했다.

"그냥 두게. 대신 소문 하나만 내 줘."

"어떤?"

"해주에 머무는 대장군의 병세가 악화되었다고. 사람도 못 알아보고 사경을 헤매기 시작했다고."

"어찌 헛소문을 내라 하십니까? 그런 소문을 내는 놈이 있다고 해도 잡아서 족쳐야지요."

이방원이 차갑게 명령했다.

"시키는 대로 하게. 대장군이 해주에서 돌아가실지도 모른다고. 왕성으로 오시기 힘들다고. 알겠는가?"

조영규가 믿을 만한 사병 열 명을 데리고 나갔다.

새로운 나라를 만들기 위한 목록들을 정리하며 아침을 보냈다. 핵심 단어와 문장 몇 개도 덧붙여 두었다. 오늘 확정한 것도 있지만 10년 전, 20년 전에 정해 둔 길도 있었다. 아니다. 수천 년 동안 이어 온 길에서 딱 한 걸음 내딛고자 끙끙댔다는 것이 정확하다. 여기서 출발해야 한다.

인(仁)이 먼 곳에 있겠는가? 내가 인을 행하려 한다면 이에 이를 것이다. 일천 그루 고목이 빽빽하여 사시사철 그림자 서늘한 봉화 금륜봉(金輪峰) 중턱에 자리 잡은 숯쟁이 흑수(黑手)의 집으로 갔다. 자리[席]만 한 눈송이가 펄펄 요

란하게 퍼붓는 한겨울에도 나를 초청하여 매를 날렸다. 그
가 기르는 매 열두 마리는 지금도 멀쩡한데 흑수가 먼저
세상을 버렸다. 버섯을 따러 갔다가 뱀에게 허벅지를 물린
것이다. 흑수의 아들 백한(白漢)은 열일곱 살인데 일찍 장
가들어 벌써 딸을 둘 낳았다. 죽은 아비를 위해 묘지명을
지어 달라고 내게 청했다. 흑수의 매가 잡아 온 토끼며 새
끼 사슴 고기를 맛본 죄로 간단히 몇 문장 적어 백한에게
가져갔다. 백한은 흑수가 아끼던 매들과 함께 듣고 싶다며
움막으로 안내했다. 술잔 곁에 두고 묘지명을 읽는 동안
매들은 고개를 빳빳하게 든 채 귀를 기울였다. 날개를 단
한 번도 퍼덕이지 않았다. 때가 잔뜩 낀 손으로 귀와 코를
판 이는 백한이었다.

　두 벗과 발을 씻으며 즐겼던 날의 이야기다. 각자 어울
리는 짐승을 먼저 정하였다. 동북에서 온 벗은 예상대로
냉큼 호랑이를 차지했다. 열흘이고 보름이고 서안 앞에서
꼼짝 않는 벗은 소나무를 택했다. 나는 매를 골랐다.
　일찍이 강화도나 해주의 하늘을 누비는 매를 보며 호연
한 기운을 길렀다. 오도 양계의 명산대천을 가 보시라 권
유받을 때도 나는 항상 서문을 나서서 벽란도를 지나 더
서쪽으로 가기만을 바랐다. 그곳엔 세상에 무심한 듯 허공

을 맴돌다가 단 한 번 낙하하여 먹이를 낚아채는 매를 부리는 용맹한 매잡이들이 있었다.

봉화로 귀양을 떠나라는 명을 받고는 그들을 한동안 만나지 못함을 안타까워했다. 하늘 어디에나 매가 날지만 매를 길들여 사냥에 부리는 이는 드물다. 금륜봉에 사는 한 사내가 매사냥에 능하다는 소문을 듣고 한달음에 달려간 것도 이와 같은 까닭이다. 흑수는 털빛이 짙푸른 해동청(海東靑)을 날려 토끼 두 마리를 잡아 안주를 삼았고, 나는 그가 있어 봉화의 하늘이 심심하지 않게 된 것을 즐거워했다. 내가 봉화에서 영주로 옮긴 후로도 우리는 종종 어울려 매사냥을 즐기고 부어라 마셔라 열 말도 좋다! 대취했다. 흑수는 글을 몰랐으나 매에 관해선 모르는 것이 없었다.

흑수는 열두 마리의 매와 수리를 친자식처럼 아꼈다. 각각 이름을 붙여 불렀고 생일상을 따로 차렸다. 사람보다 매를 더 믿었고 사람보다 매를 더 사랑했다. 화를 내지 않았고 짜증을 부리지도 않았으며 눈물 흘린 적도 없었다. 매의 눈에는 먼 곳도 가까웠고 큰일도 작아 보였다.

귀양이 풀리면 함께 전국을 돌며 매들을 구경하자던 약속을 이루지 못해 아쉽다. 흑수의 아들 백한이 남은 매들을 돌보며 아비의 뒤를 잇는다고 하니 불행 중 다행이다. 아비의 묘지명을 청하러 와선 돈 대신 사나운 새 한 마리로 사례를 대신하고 싶다고 했다. 내가 웃으며 재미 삼아 어떤 새들이 있느냐고 물으니 백한이 답했다.

"장차 봉봉 불불 큰 바람이 불려 하면 날아올라 소요하며 내려오지 않는 녀석이 있습니다. 날갯짓이 가장 힘찹니다."

"구진의(句陳義)는 싫네."

"노루와 사슴을 잡을 만큼 큰 녀석은 어떻습니까?"

"가막수리(伽漠戌伊)는 싫네."

"털빛이 희고 매 중에서 가장 용맹한 녀석은 어떻습니까?"

"송골(松骨)은 싫네."

"하면 어떤 녀석을 원하십니까?"

"사람도 업고 날며 호랑이에게 달려들어 그 눈동자를 쪼아 잡아먹는 육덕위라면 좋겠네."

"육덕위는 곁에 두고 수진(手陣)이로 기를 수 없습니다."

"그러한가? 하면 나도 글값을 따로 받진 않겠네."

흑수의 묘지명을 건네고 돌아와선 푹 잤다. 연거푸 들이켠 탁주가 꿈 없는 단잠을 선물한 것이다. 저물 무렵 겨우 깨어 마당으로 나갔다. 새들이 붉은 하늘에 점과 선을 그으며 둥지로 돌아오고 있었다. 매는 없었다. 세 봉우리와 두 강줄기를 따라 유난히 많은 매가 날던 저녁이 떠올랐다. 흑수에게도 꼭 한번 가 보라고 권한 곳이다. 명나라 금릉 관음산 아래 백로주(白鷺洲)였다.

갑자년(1384년) 가을, 포은은 성절사로, 나는 서장관으로 사행을 떠났다. 경사에서 공무를 무사히 마치고 하루 편히 쉬고자 닿은 곳이 백로주였다. 왕성에서 금릉까지 석 달로도 빠듯한 거리를 두 달 만에 주파하느라 밤낮으로 바빴던 심신이 비로소 누그러졌다. 첫 잔엔 강을 살피고 다음 잔엔 산을 바라보고 그다음부터는 줄곧 하늘을 희롱했다. 성당(盛唐)의 호쾌한 시들이 구름을 따라 흘렀다. 새들이 크고 느리고 고요했다. 매라고 했다. 올해처럼 많은 매들이 관음산을 떠돈 적이 없다는 것이다. 포은이 그중 가장 높이 떠 날개를 편 채 멈춘 녀석을 노리며 물었다.

"함주는 어떠하던가?"

두 달 넘게 같이 걷고 먹고 마시며 잠들었지만, 대장군을 거명하지 않았다. 나 역시 작년과 올해 함주를 다녀온 경과만 간단히 밝혔을 뿐 세세한 감상은 미루었다.

"틈이 없으면서도 사방으로 뚫렸더군요."

포은은 볼에 술을 머금은 채 빙긋 웃기만 했다.

"훈련에 훈련을 거듭하여 단련된 장졸들, 참으로 멋있더군요. 이성계 장군에 대한 복종심은 바위처럼 단단하였습니다. 그리고 고려 조정에서도 접하지 못한 요동과 중원의 갖가지 소식들이 그득했습니다. 장졸들이 10여 개가 넘는 언어를 쓰는 다양한 종족 출신인 점도 있으나 이 장군이 따로 사람을 보내 근황을 모으는 눈치였습니다."

"정확히 짚었네. 그게 최영 장군과 이성계 장군의 가장 큰 차이일세. 최 장군은 이인임을 비롯한 조정 대신들에게 의지하여 세상을 파악하는 데 반하여, 이 장군은 스스로의 힘으로 중원의 변화를 점검하고 판단해 왔지. 고려의 도움 없이 홀로 장졸을 먹이고 입히며 훈련시켜 온 나날 속에 살아남기 위한 방편이었을 거야."

"명나라 황실과 조정은 고려에 대한 의심을 완전히 거두진 않고 있습니다. 친명 정책을 줄곧 유지한 공민왕의 암살 경과를 거듭 하문하지 않았습니까. 원나라 왕실과 고려 왕실이 혼인으로 피가 섞였고, 원나라 대신들과 사돈을 맺은 것을 발판으로 부귀영화를 누린 고려의 세력가도 적지 않습니다. 고려가 원나라를 위하여 언제든지 명나라의 옆구리를 찌를 위험이 있다고 여기는 것이겠지요."

"참으로 큰 걱정이 아닐 수 없네. 귀국하면 이 문제를 거듭 아뢰도록 하세. 명나라가 고려를 신뢰하도록 특단의 조처를 마련해야만 해."

매 한 마리가 빠른 속도로 하강했다. 그 매를 따라서 봉우리와 강물까지 시선을 내렸다.

"이 장군의 야망이 어디까지라고 보십니까?"

숲으로 사라졌던 매가 날아올랐다. 발톱엔 토끼 한 마리를 움켜쥐었다. 날갯짓이 힘찼다.

"삼봉, 자네보단 작겠지."

"그럼 우리 셋 중 가장 작겠군요. 제 욕심이야 포은 형님의 절반에도 미치지 못하니까요."

포은이 손뼉을 치며 즐거워했다.

"이야기가 그리 흘러가는가. 내가 욕심을 부린다면 자넨 섭섭한가?"

"아닙니다. 다행 중의 다행이지요."

포은이 내 마음을 헤아리는 듯했다.

"고맙네."

"저야말로 고맙습니다. 형님 덕분에 명나라 구경 실컷 하니까요. 서책을 통해 문장을 읽고 고민한 결론이 아니라, 매일매일 눈으로 보고 발로 밟고 귀로 들으며 거듭 확인한 믿음이니만큼, 바뀌지 않을 겁니다."

11장

시
주머니

◉ 3월 무신일*

◎ 대장군 이성계가 계속 해주에 머물렀다.

삼사좌사 조준이 문병을 왔기에 반겨 맞았다. 금강산 유람을 마친 승(僧) 무학도 흥국사에 잠시 머물렀다가 와서 동석했다. 대장군이 무학에게 말했다.

"대사께선 언제까지 떠돌 작정이시오? 이제 그만 왕성에 정착하시오. 왕사(王師)를 맡아 이 나라 불교를 이끌어 주시오."

무학이 답했다.

"아직 배움이 턱없이 부족합니다."

"연로한데 꼭 그리 전국을 주유해야만 하오?"

---

* 1392년 3월 27일.

무학이 은은한 미소를 지었다.

"왜 그리 웃소?"

"스승인 나옹 대사의 말씀이 떠올랐습니다. 누구든 떠돌며 깨달음을 구하는 뜻을 묻는 이에게 답하는 법을 일러 주셨지요."

"그게 무엇이오? 내게 나옹 대사의 가르침대로 답을 주시오."

"안 됩니다."

무학이 잘라 거절했다.

"왜 안 된다는 것이오?"

"얼굴을 후려치고 다신 말을 섞지 말라고 하셨습니다."

대장군이 먼저 웃음을 터뜨리자 나머지 사람들도 따라 웃었다. 조준이 말했다.

"지난 3월 을사일 간관 김진양을 비롯한 젊은 서생들이 수문하시중의 집으로 몰려갔습니다."

조준은 왕성의 민심은 물론이고 이색과 정몽주를 비롯한 대신들의 동정을 은밀히 살펴 왔다.

"정 시중이 오랜만에 강의라도 한 게요? 수문하시중의 중책을 맡느라 여유가 없었을 게요. 묘시(아침 5시~7시)에 출근해서 관복에 오사모(烏紗帽) 쓰고 공무에 힘쓰다가 신시(낮 3시~5시)에 퇴근하는 대신의 하루가 얼마나 고단한

지 조 좌사도 잘 알지요? 나랏일이라는 게 해도 해도 끝이 없다오. 전투는 대승을 거두고 나면 적어도 한두 달은 쉬지만 도당의 공무는 개미 떼나 벌 떼처럼 몰려들어 사람을 괴롭히지. 세자 저하께서도 무사히 귀국하셨으니, 사숙(私塾)을 하였거나 이렇게 저렇게 실처럼 얽힌 인연으로 배움을 청하는 이들과 하루쯤 모일 수 있소. 수문하시중에서 물러나면 다시 성균관을 맡고 싶다고 입버릇처럼 말할 만큼 가르치는 일에 각별한 보람을 느끼는 천생 학자라오. 어찌 생각하오, 대사?"

무학이 웃으며 답했다.

"불자가 모이면 참선을 하고 유자가 모이면 공맹을 읽거나 춘추를 논하기 마련이지요. 장수들이 술에 술을 더하며 무용담을 늘어놓는 것과 다르지 않습니다."

새가 울었다. 그 울음이 딱딱 짧고 빠르게 끊기듯 이어져 귀에 설었다.

"저 새 이름이 무엇인지 아시오?"

"모릅니다."

"골골조(骨骨鳥)라오. 저 새가 많이 울면 삼(麻) 농사가 흉년이 든다 하오. 불길하군."

조준이 왕성 분위기를 자세히 전했다.

"대장군께서 세자 저하를 호위하여 입성하지 않으셨기

때문에 흉문이 무성합니다."

"곧 숨이라도 거둔답디까?"

부축 없이 일어나 앉을 만큼 회복되었다.

"낙마 후 내내 정신을 차리지 못하셨다고도 하였습니다. 정 시중의 무리들이 상황을 잘못 판단하여 꾀를 부리지나 않을까 걱정입니다. 작년에 정도전을 논핵했듯이, 저나 님은, 윤소종 등의 죄를 따질 거란 풍문 또한 조정 안팎에서 들려오고 있습니다."

"조 좌사! 그대도 다섯째와 똑같은 소릴 하는군. 그래, 정 시중의 집에서 우릴 내칠 작당이라도 하였단 말이오? 몇 시에 모여 몇 시에 헤어졌답니까?"

"모여 앉지는 못하였습니다. 대문을 열고 그들을 맞이하는 대신 감환을 이유로 물리쳤다는군요."

대장군이 조준과 무학을 번갈아 본 후 말했다.

"그것 보시오. 정 시중도 괜히 오해를 살까 싶어, 따르는 이들까지 만나지 않은 게요. 생각이 깊은 사람이오. 다시는 내 벗을 의심하지 마시오."

조준이 더 말하려 했으나 무학의 눈짓을 받고 그만두었다. 대장군과 무학은 국화차를, 조준은 술을 마셨다.

◎ 왕이 왕성에 머물렀다.

정몽주와 함께 봉은사로 가서 태조 왕건의 진영을 봉안한 효사관(孝思觀)에 머물렀다. 점심을 먹고 대웅전 주위를 산책했다. 왕이 넌지시 말했다.

"대장군의 부상이 심상치 않은가 보오."

"완쾌되고 있다 들었사옵니다만."

"그게 아닌가 보오. 내관들을 시켜 알아보니 몹시 위독하다 하오. 오늘내일 목숨이 끊어질 거란 소문이 파다하오. 대책이 필요하지 않겠소?"

"허락하시면, 신이 급히 문병을 다녀올까 하옵니다."

왕이 걸음을 멈추고 눈길을 맞추며 물었다.

"진심이오?"

"처음엔 신이 영접사로 떠날 생각이었사옵니다. 해주가 멀지 않으니, 말을 달린다면 하루, 길어야 이틀이면 대장군을 만나고 돌아올 수 있사옵니다."

왕이 잠시 고민한 뒤 만류했다.

"왕성을 떠나지 마오. 경이 없으면 누구와 천하의 일을 의논할 수 있겠소. 과인 곁에 머물러 주시오. 내일 어의를 다시 보내도록 하겠소."

"무엇을 걱정하시는 것이옵니까?"

"대장군은 전쟁터에서 평생을 보낸 장수라오. 그 성품의 진중함을 모르진 않으나, 사람의 목숨을 앗는 일을 어려워하지 않는 것 또한 사실이 아니겠소? 정 시중을 대신하여 누군가를 보내도록 합시다.”

“그는 신의 오랜 벗이옵니다. 지금보다 더 어려운 시절에도 함께 의지하고 또 때론 다투며 여기까지 왔사옵니다. 다른 신하를 보내면 왜 정몽주가 직접 오지 않았느냐는 의심이 생길지도 모르옵니다. 신을 보내 주시오소서.”

왕이 잠시 고민한 뒤 뜻을 바꾸지 않았다.

“아무래도 아니 되겠소. 며칠 더 상황을 지켜보도록 합시다.”

◎ 정몽주가 성균관에서 이숭인을 만났다.

두 사람은 뜰에 서서 학생들의 글 읽는 소리를 들었다. 정몽주가 말했다.

“등잔 빛 아래 홀로 눈으로 읽는 맛도 남다르지만, 동학들과 저렇듯 목청 높여 글을 읽는 재미는 비길 데가 없지.”

“형님의 목청이 굵고 우렁차서 폭포수 같았지요. 졸음을 쫓는 데는 최고였습니다.”

“차분히 읊조려야 하는 글도 있으나 『맹자』나 『사기열전』은 머릿속으로 상황을 상상하며 문장 위를 내달리듯 읽어야 깨달음도 분명하고 탕탕한 느낌도 짙은 법이라네. 이미 저세상으로 떠난 벗들은 어쩔 수 없겠지만 같은 하늘

아래에서 숨 쉬는 벗들을 모두 이곳으로 불러들여 단 하루만이라도 소리 높여 글을 읽고 싶군."

"그게 가능할까요?"

글 읽는 소리가 멈췄다. 학생들이 삼삼오오 방에서 나왔다. 정몽주와 이숭인을 알아보고 허리 숙여 인사했다. 정몽주가 그 인사를 모두 받아 준 뒤 답했다.

"세월이 너무 흐르긴 했네. 어렵긴 하지만 불가능한 일은 아니야. 가을쯤 어떤가? 날짜를 확정하고 두루 서찰을 돌려 오랜만에 벗들의 얼굴이나 보도록 하세. 자넨 맛난 술과 안주를 준비해 주게. 온종일 글을 읽고 나면, 그 밤엔 쉰 목을 다스리느라 술을 콸콸 부으며 밤을 지새울 것일세."

이숭인이 조심스럽게 말끝을 흐렸다.

"정도전은……?"

"당연히 불러야겠지. 그 전에 복직을 하면 좋겠지만 영주에 머무른다고 해도 특별히 전하께 아뢰어 허락을 받도록 하세."

"부른다고 올까요?"

정몽주가 눈으로 물었다. 오지 않을 이유가 무엇인가.

"뜻깊은 자리이니 스승님도 초청하실 것이지요?"

"당연하지."

그들은 모두 한산부원군에게서 학문을 배우고 익혔다.

"스승을 참하라는 글을 올린 제자가 아닙니까. 인간이라면 어찌 얼굴을 들고 성균관에 나타날 수 있단 말입니까. 불러도 정도전은 오지 않을 겁니다."

정몽주가 빙긋 웃으며 반박했다.

"나는 생각이 다르네. 정도전은 반드시 올 걸세. 그 이유를 짐작하겠는가? 정도전은 목은 학당에서 수학하고 또 성균관에서 학생들을 가르친 시절을 자네나 나처럼 무척 자랑스러워한다네. 장차 이 나라를 이끌 재목들이 우리가 가르친 학생들 중에서 나온다고 굳게 믿는다네. 중벌로 다스리라 청한 것은 목은 선생이 신우의 재상으로 일할 때의 잘잘못을 가리기 위함이었으이. 일국의 재상이 무슨 일을 해야 하고 또 얼마나 책임이 막중한가를 정도전이나 자네 그리고 내가 누구로부터 배웠는가. 바로 목은 선생께 배웠네. 목은 선생의 죄가 어느 정도인가는 논쟁할 부분이 많다고 봐. 하지만 정도전의 주장이 목은 학당과 성균관에서 크게 벗어난 것이 아니니, 그가 거절하거나 회피할 까닭이 없지. 자리가 마련되면, 자네가 먼저 나서서 정도전을 챙겨 주도록 해."

"싫습니다. 왜 제가 그를 챙깁니까?"

섭섭함과 미움이 가시지 않은 것이다. 학생들이 다시 글을 소리 내어 읽기 시작했다.

"자네에 대한 미안함은 품고 있을 거야. 찬바람 쌩쌩 날리면 사과하고 싶어도 어렵지. 마음을 먼저 열도록 하게. 생기지 말았으면 하는 일들이 눈앞에 벌어지기도 했지만 이제 거의 다 지나갔어. 우린 모두 저렇게 한목소리로 서책을 읽고 배우고 즐기던 동학이 아닌가."

별실로 자리를 옮겨 명나라에 올릴 표문을 잠시 의논한 뒤 이숭인이 말했다.

"대장군의 부상이 심상치 않다는 소문을 들었습니다."

"안타까운 일이네."

정몽주가 짧게 답하고 이야기를 잇지 않으려 했다. 이숭인이 질문했다.

"김진양 등 간관들이 자주 모이고 있습니다. 대장군과 정도전, 조준, 남은, 윤소종 등을 논죄하는 글을 쓸 계획이라고 합니다. 아시고 계십니까?"

"어디서 들었는가?"

"김진양이 제게 힘을 보태 달라 청하였습니다."

"자네는 간관이 아니지 않은가? 이번엔 나서지 말게."

이숭인이 곡진하게 속마음을 털어놓았다.

"형님! 솔직히 저는 대장군의 낙마도 의심스럽습니다. 조선 제일의 기마술을 자랑하는 장수가 말에서, 그것도 위화도회군 때 탔던 명마 응상백에서 떨어지다니요. 함정일 지도 모릅니다."

"함정?"

"형님을 떠보는 것이지요. 정도전이라면 잔꾀를 부리고도 남음이 있습니다."

"영수에 있네. 이번 일과는 무관해."

"제주도로 쫓아내도 일을 꾸밀 위인입니다. 아시지 않습니까? 무진년(1388년, 창왕 즉위년)에 오사충, 남재 등을 시켜 저를 논죄하였지요. 그 글에서 저를 모함한 문장이 잊히질 않습니다. '일곱 걸음 만에 시 한 수를 완성하고 입으로는 요순의 말을 지껄이더라도, 행실이 개와 돼지만도 못하니 참으로 소인배이옵니다.' 어려서부터 목은 선생 문하에서 함께 공부하고, 또 임인년(1362년, 공민왕 11년) 나란히 급제한 후 고락을 함께 나누었건만, 이익을 쫓지 않고 군자의 가난한 사귐을 흠모하는 제게 이렇듯 모욕을 안길 수 있단 말입니까? 그로 인해 저는 경산부(京山府)로 유배를 갔습니다. 권근이 저를 구하는 소를 올리고 또 형님께서 도와주시지 않았다면 그곳에서 영영 목숨이 끊어졌을지도 모릅니다."

"정도전이 오사충, 남재 등과 친하게 어울리긴 했으나 자넬 논죄하라고 시켰다는 증거는 없네."

"정도전밖에 없습니다. 그 계략이 빠르고 깊어 천 리 밖 승부를 알지 않습니까? 하여튼 조심하십시오. 잘못 함정에 빠졌다간 간관들은 물론이고 형님 목숨까지 노릴 겁니다."

정몽주가 쓴웃음을 지었다.

"안타깝군. 어쩌다가 이 지경이 되었을까. 자네와 나 그리고 정도전이 함께 어울려 시를 짓고 화롯가에 술을 데워 마신 적이 어디 한두 번인가. 특히 자네는 도연명의 시에서 딴 '정운(停雲)' 두 글자로 정도전에 대한 애틋한 그리움을 '멈춘 구름 종일 떠 있고/ 아득하여라 한강변이여.(停雲終日在 縹緲漢江濱)'라고 담지 않았는가. 정도전 또한 일찍이 '멈춘 구름은 언제나 여기 있네.(停雲長在玆)'*라고 노래하였지."

이숭인이 바로잡았다.

"저는 멈춘 구름을 보며 정도전을 그리고 걱정하였으나 정도전의 멈춘 구름은 제가 아닙니다."

"어느 봄날 눈 내릴 땐 울적한 심정 달래려고 지은 시를 보이기도 했어."

"그에게만 보인 건 아닙니다."

---

* 정도전, 「동정에게 올리다(奉寄東亭)」. 동정은 염흥방의 호이다. 귀양 직전 자신을 배려해 준 염흥방에게 보낸 시이다.

"정도전과 동짓날 무릎을 맞대고 태극을 논하며 밤을 지새운 이가 누구인가. 바로 자네일세. 정도전의 취담(醉談)은 아무리 들어도 싫지 않다고 두둔한 이가 누구인가. 바로 자네일세. 벗들 모두 등잔불에 둘러앉았는데 정도전만 없다고 아쉬워한 이가 누구인가. 바로 자네일세. 신중하란 자네 충고는 고맙게 받아들임세. 하지만 물증 없이 정도전을 원망하진 말게. 우리가 아침엔 의리를 지키며 형제로 지내는 벗이었다가 저녁엔 원수가 되는 경박한 인간은 아니지 않은가. 그도 왕성으로 돌아오지 못하고 먼 시골에 매인 몸이라네. 그 막막함을 자네도 겪었지 않은가."

이숭인이 조심스럽게 물었다.

"형님이 정도전의 귀경을 막고 계신 건 아닌가요?"

정몽주가 머뭇거리지 않고 되물었다.

"그리 보이는가?"

"아닙니까?"

"때가 되지 않았을 뿐일세. 자네가 복귀하여 나랏일을 하듯이 정도전도 곧 돌아올 게야. 자네와 힘을 합쳐 명나라에 표문을 올리고 사신의 소임을 맡는다면, 큰 걱정 하나는 더는 셈일세. 부디 지난날의 악연은 잊고 함께 목은 학당에서, 성균관에서, 또한 왕성 곳곳에서 어울려 시문을 즐긴 좋은 기억들만 간직하게나."

몸은 시골에 있지만 마음은 왕성을 떠나지 않는 것이 유
배 온 벼슬아치의 고약한 습성이다. 무소식이 희소식인 적
은 없다. 이방원이 다녀가고 사흘이 지났다. 핑계 삼아 네
개의 소전(小傳)과 한 편의 묘지명을 지었다. 당장 쓰지 않
아도 될 글이지만 썼다. 위화도회군 이후 적어도 왕성 안
에서 무기를 휘두르며 피를 보는 일은 없었다. 정적(政敵)
을 물리칠 때도 법에 따라 죽이거나 가두거나 내쫓았다.
금상을 옹립하기로 정한 흥국사의 참석자들이 공감한 부
분이다. 대장군도 포은도 이 틀을 부술 명분이 없다. 그런
데도 왜 이리 그제보다는 어제, 어제보다는 오늘 불안함이
더 클까. 이방원의 눈빛 탓일까. 명분이야 이긴 후에 만들
면 된다는 식의 무모함이 거듭 따지고 드는 그의 두 눈에
가득했다. 전투가 끝났다고 철수하는 마당에 혼자 장검을
높이 들고 돌진하는 꼴이다. 대장군의 부상이 심상치 않다
면, 지금 그 무모함을 다독일 이는 포은뿐이다.

　소나기가 한차례 지나간 뒤 무지개가 떴다. 마루에 앉아
구경하는 내 곁으로 동자가 슬금슬금 엉덩이를 밀며 다가
왔다. 오늘은 또 무엇이 궁금한 걸까, 내색 않고 기다렸다.

　"왕성 사람은 모두 나리처럼 지냅니까?"

동자는 태어나서 영주를 벗어난 적이 없다. 이 나라 도읍지가 북쪽인지 남쪽인지도 몰랐다. 영주를 돌아다니기에도 시간이 부족할 나이였다. 왕성에서 벼슬을 살다가 내려왔다는 중늙은이가 서책 읽고 문장 쓰고 산책하며 지내는 모습을 보면서, 문득 그곳 생활이 궁금해진 듯했다.

"아니다. 서생은 글을 읽고 쓰지만, 장사꾼은 물건을 팔고 장인은 옷이며 가구며 농기구를 만들지."

동자가 안도의 한숨을 쉬었다.

"다행입니다요. 난 또 우린 열심히 농사짓는데, 왕성 사람들은 놀고먹는가 싶었네요."

"넌 내가 놀고먹는 것 같으냐?"

"나라에 큰 죄를 짓고 유배 오셨단 소릴 듣긴 했는데, 아무리 봐도 벌 받으시는 것 같진 않네요. 옥에 갇히지도 않고 곤장을 맞지도 않고. 오히려 가끔 관아에 가셔서 술 대접, 밥 대접을 받고 오시지 않습니까? 그런 게 벌이라면 저도 달게 받겠습니다요."

귀양의 힘겨움, 왕성으로 돌아가지 못하는 나날의 답답함을 어찌 동자가 알랴.

"가끔 밤늦도록 잠도 자지 않고 끼적이시는 거 압니다. 하지만 아침에 일어나자마자 종이를 찢거나 물로 씻어 버리시더군요. 찢거나 씻을 글을 왜 저렇듯 끙끙대며 여러 번 고쳐 쓰는지 솔직히 답답했어요.”

계속 놀림을 당하긴 싫었다.

“나도 일한다.”

“무슨 일 하십니까요?”

“이 마음에 들어 있는 나라를 문장으로 옮기지.”

“또 그 마음속 나라 타령이십니까. 나리의 나라는 무척 작은가 봅니다, 마음에 쏙 들어갈 만큼. 나리의 나라는 무척 만들기 쉬운가 봅니다, 문장으로 옮겨 간직할 만큼.”

당돌한 지적이다.

“왜 그리 여기느냐?”

“나라를 문장으로 옮기는 건 고민해 보지 않아 모르겠지만, 저 언덕 무지개를 말로 담기 어렵다는 것쯤은 압지요.”

동자의 시선을 따라 잠시 무지개를 쳐다보았다.

“나리는 저 녀석이 몇 가지 색깔로 보이십니까요?”

“다섯 가지! 그래서 오색 무지개 아니냐?”

“저는 볼 때마다 달라지던데요. 어떤 날은 다섯인데 어떤 날은 일곱이고, 또 어떤 날은 확 줄어 셋이고. 무지개의 크기나 길이도 알쏭달쏭합지요. 여기서 보면 언덕 이쪽에서 저쪽까지만 걸친 듯한데, 막 달려가면 무지개가 점점 크고 길어지다가 어느 순간 사라지고 말더라고요. 무지개 보면 재수가 좋다며 춤추는 이도 있고, 무지개 보면 불행이 찾아든다고 아예 고갤 숙이고 걷는 이도 있지요. 아직 저 무지개를 만졌다는 사람은 없습니다. 부드럽다 축축하다 딱딱하다 말들은 많지만 전부 추측일 뿐이에요. 무지개 하나만 놓고 따져도 이러한데 나라를 문장으로 옮기려면 얼마나 복잡할까요. 나라를 마음에 넣기도 어려운 일, 넣어둔 나라를 꺼내 문장으로 옮기기도 어려운 일! 나리는 왜 이토록 어려운 일을 하십니까. 그냥 편히 뒹굴뒹굴 지내면 누가 야단이라도 칩니까."

집을 나서지 않을 수 없었다.

그길로 봉화 물야계(勿也溪)까지 가서 이른 더위를 씻었다. 영주 지주사(知州事)*는 먼 족친임을 핑계로 종종 나를 위로한답시고 술자리를 마련하고 불렀으나 가지 않았다. 방문 앞에 맑은 물 한 그릇을 떠 놓고 청백한 삶을 되새긴 후 마시는 편이 낫다.

오늘 외출은 왕성 소식이 궁금하여 내 입만 쳐다보는 이들 때문이 아니라 시낭(詩囊)이란 기녀와 가득 채운 한 잔 술로 이별의 정을 나누기 위함이다. 기녀 연쌍비(燕雙飛)와

---

* 주(州)의 으뜸 벼슬.

소매향(小梅香)이 신우 곁에 머물며 국정을 농단한 후론 사사로이 기녀들과 사귀는 일을 끊었지만, 시낭만은 예외였다. 시낭은 이름처럼 시를 지어 주머니에 넣는 것으로 하루를 시작하였으니, 이미 수천 수의 시를 외우고 수백 수의 시를 지었다. 술보다 시에 더 빨리 더 많이 더 오래 취하는 시기(詩妓)였는데, 경상도의 서생들과 마주 앉아도 막힘없이 시를 꺼내 놓았다. 우연히 읊조리는 것이 모두 시가 된다는 풍문이 과장만은 아니었다. 풍광 따라 깃든 생각에 딱 맞는 단어를 박은 시 하나하나가 붉은 앵두처럼 찬란하게 농익었다.

시낭에겐 만물이 모두 시였다. 저물 무렵 흩어지는 연기 조각, 강물 위에 비친 천 개의 달, 그 달 위로 흘러가는 꽃잎, 그 꽃잎을 줍는 그림자, 그 그림자가 남긴 발자국으로 녹아내리는 눈. 내가 정절(靖節, 도연명)을 쫓아 국화의 은일함을 즐길 때 시낭은 영균(靈均, 굴원)을 흠모하여 난초의 향기를 피웠다. 한 달 전에 홀로 나를 찾아와선 납촉(蠟燭)* 열 개와 두툼한 종이 한 묶음을 가만히 내밀었다. 모두 시였다. 진작 발문(跋文)을 지어 놓고 전할 기회가 없었는데 오늘 만난 것이다.

---

* 밀랍으로 만든 불을 켜는 초.

글을 주고 송화주(松花酒)를 연거푸 마신 뒤 일어나서 「어부사(漁父詞)」를 불렀다. 얼큰한 소리의 높고 낮음이 제법 어울리니 자연으로부터 온 것이다. 첫 가락은 강과 바다를 생각하게 만들고 둘째 가락은 물이끼 가득한 돌에 앉히고 셋째 가락은 물 위에 둥둥 떠서 닿을 곳 몰라 헤매니, 창해일속(滄海一粟)의 기분이 있다. 시낭은 술괴 춤가 노래로 판을 벌인 바위에서 내려와 계곡물에 발을 담그곤 내 글을 읽었다. 입귀가 두어 번 올라갔다. 사람과 웃으며 이별한 일이 적지 않건만 계곡물처럼 눈물이 났다.

이 세상에는 사랑에 관한 시가 왜 그리 많을까. 모르기 때문이다. 이것이야말로 사랑이라고 가두는 순간, 다른 사랑의 풍광들이 메뚜기처럼 달려든다. 모순, 극단의 단어들이 모두 사랑을 설명하며 쏠린다. 가장 따뜻한데 차갑고 가장 부드러운데 날카롭다. 가장 기쁜데 슬프고 가장 은밀한데 또 누구나 안다. 다르게 시작하고 다르게 끝난다. 그러나 또한 되새기면 그 다름에는 비슷함이 어려 있다. 국경도 넘고 종교도 넘고 예의범절도 넘고 생사도 넘는다. 모든 것이 사랑 탓이다. 사랑보다 더 근사한 핑계는 없다.

버드나무 꽃 하얀 길을 10리는 족히 흐를 듯했다. 비로소 깨달았다. 시낭이 내게 건넨 시 묶음이 이별의 선물이었음을.

왕성은 나고 드는 사람만큼이나 소문이 무성한 곳이다. 춤에 능하고 시에 능한 기녀들에 대한 이야기 역시 불어와선 맴돌다 사라졌다.

　경상도에서 이름 높은 기녀가 둘 있으니 시기(詩妓)는 한산월(寒山月)이요 금기(琴妓)는 옥섬섬(玉纖纖)이다. 일찍이 문하찬성사 윤지휴가 봉화현 서쪽 용점산에 머물며 글공부에 매진하였는데, 그곳에서 한산월을 만나 잠시 교유하였다. 과거를 보기 위해 상경할 때 한산월이 이별을 안타까워하며 윤지휴의 넓적다리에 시를 적었다는 이야기는 나도 들어 알고 있었다. 그러나 내가 나라에 죄를 지어 봉화에 왔을 땐 한산월은 이미 10년 전에 병을 얻어 죽은 뒤였다.

　동기 시절 한산월에게서 배웠다는 시낭이 만나기를 청했다. 시낭의 재주는 다양하였으니, 거문고를 타고 바둑을 두고 글을 읽고 그림을 그리며 보낸 나날이 얼굴에 묻어났다. 시낭은 자신의 주머니를 열기 전 내가 지은 시부터 읊어 달라 하였다. 그 시가 마음에 들면 술을 따르고 마음에 들지 않으면 천금을 주어도 돌아간단 소문은 사실이었다. 나는 다음과 같은 시로 즐겼다.

　　백 살 넘긴 사람은 아무도 없으니(今古都無百歲身)

세상의 득실로 골머리 썩지 말라.(休將得失費精神)

불후의 저술이 있다면(只消不朽斯文在)

정씨 성의 인물이 훗날 다시 나오리라.(後日當生姓鄭人)

시낭은 이 시를 따라 암송한 뒤 자못 흡족한 듯 술을 따르곤 답하는 시 한 수를 주었다. 나는 그 시의 장쾌함에 놀라 그미가 읽은 시집과 좋아하는 시인들을 물었다. 이적선(李謫仙)*에서부터 시작하여 포은에 이르러 멈췄다. 만난 적은 없으나 포은의 시 수십 수를 외우고 있다기에 한 수를 청하였더니 사양하지 않고 읊었다.

반평생 호기를 다 없애지 못하고(半生豪氣未全除)

말 타고 압록강 둑을 거듭 다니네.(跨馬重遊鴨綠堤)

들판에 홀로 누워 잠이 없는데(獨臥野盤無夢寐)

산 가득 달 밝을 때 두견새 우네.(滿山明月子規啼)

시낭은 눈을 뜨자마자 시를 외우기 시작하여 잠들 때까지 그러하였다. 꿈에서 지은 시를 잊지 않으려고 머리맡에도 문방사우를 갖추어 두었다. 시에 능한 이가 봉화 인근

---

* 귀양 온 신선, 당나라 시인 이백을 가리킨다.

에 왔다는 소식을 들으면 만사를 제쳐 두고 가서 만났으며, 모아 둔 은병을 모두 내어주고서라도 대국에서 들여온 시집을 샀다. 옷이나 패물에는 관심이 적었고 남자와의 은근하거나 뜨거운 정(情)에는 눈길조차 두지 않았다.

시낭이 자선(自選)하여 시 30수를 가져온 것은 놀랄 일이 아니다. 300수도 능히 뽑낼 만하건만 가리고 또 가려 30수에 든 시들의 공교하고 빼어남은 아무리 칭찬을 해도 지나치지 않다. 그 시가 하늘과 땅을 잇고 높은 산과 넓은 바다를 가로질러, 물처럼 바람처럼 혹은 구름처럼 떠도는 기운으로 가득하니, 때 이른 이별을 염려하였다. 시낭이 고향을 떠나겠다고 했을 때, 많은 이들이 아쉬워하며 더러 눈물을 흘렸다. 나는 과연 시에 담긴 대로 살고, 살며 배운 바를 시로 옮기는 시낭답다고 여겼다.

시낭이 고향을 떠나는 까닭은 천하를 주유하며 새로운 시를 배우고 익히고 짓기 위함이며 다른 뜻은 전혀 없다. 굶주리고 목마르고 춥고 아플 일을 걱정하는 이들에게, 시가 넉넉하니 어찌 가난하리요, 라며 웃는다. 급히 시 30수를 추려 내게 발문을 부탁한 것도 낯선 곳에서 시를 통해 새로운 벗들과 빨리 친해지기 위함이다. 젊어서는 나도 시에 살고 시에 죽고자 수많은 시집을 읽고 수많은 시인을 흠모하며 밤을 지새우고 술을 마시고 여행을 다녔다. 과거에 급제한 뒤에는 시와 담을 쌓고 특별한 날이 아니고는 시심을 발휘하지 않았다. 시낭이 객사(客死)하는 그날까지 시 주머니를 채워 나갈 것임을 나는 믿고 부러워한다. 나이는 내가 위고 말직에 이름까지 얹었지만, 시의 나라에선 시낭이 가장 높고 아름다운 자리에 앉아야 함을, 눈 밝은 이라면 30수의 시에서 묻어나는 창취만으로도 깜짝 놀라 머리 숙이리라. 비단 주머니에 채운 천 편의 시가 곧 세월임을 아는 사람. 시낭은 잘 갈지어다!

때는 임신년 3월이며 삼봉이 발문을 짓는다.

12장

황소

● 3월 기유일*

◎ 대장군 이성계가 계속 해주에 머물렀다.

무학이 가져온 불상 앞에서 기도를 올렸다. 해주에서 부상을 입기 전에도 대장군은 홀로 정원을 거닐거나 떠가는 구름을 바라보며 부러워하는 시간이 많았다. 사람들과 이야기하기보다 말이나 칼 혹은 화살에게 말을 건네고 귀를 기울였다. 대장군은 부끄러움과 기쁨, 아쉬움과 그리움, 사소한 기억들이 만드는 마음의 무늬들을 무학에게 보였다. 무학은 삼라만상의 지혜를 찾기 위해 더 노력하라고 용기를 북돋았다. 대장군은 권력 무상을 자주 언급하면서 동북면으로 돌아가고 싶다는 뜻을 내비쳤다. 이방원은 삶과 죽

---

* 1392년 3월 28일.

음, 현세와 내세의 경계를 흐리는 석가의 가르침을 멀리하라고 간청했다. 대장군은 무학을 자주 더 가까이 두는 것으로 답을 대신했다.

대장군이 무학에게 냉수를 권한 후 말했다.

"내세에선 대사와 내 역할을 바꾸는 것이 어떻겠소? 이승에서 너무 많은 살생을 범하였다오. 지옥이 띠로 없소이다."

무학이 거절했다.

"하면 소승에게 그 많은 피를 보란 말씀이십니까?"

대장군이 기분 좋게 웃은 뒤 물었다.

"소나무 위에서 살며 강에 자신의 얼굴을 적시는 일편무심물(一片無心物)을 아시오?"

"때론 비를 내리고 바람에 다음을 맡겨 어디로든 가는 벗 말씀이신가요?"

"정 시중도 나도 구름을 좋아했소. 함주에선 둘이서 말도 없이 한나절을 구름만 쳐다보며 술잔을 기울인 적도 있다오."

"술안주로선 제격이군요. 내세에는 구름이 되시렵니까? 소승은 달을 고르고 싶습니다만."

"설명해 주오."

"하나의 달이 하늘에 있으면 모든 강을 비추고 하나의

달이 강에 있으면 모든 배를 비추지요."

대장군이 벽에 걸어 둔 장검을 쳐다보며 한숨지었다.

"월인천강(月印千江)! 그 달이 되고도 싶구려. 사람을 죽이는 검만은 다시 들고 싶지 않소이다."

무학이 말머리를 돌렸다.

"나옹 대사께선 배움을 위해 원나라로 건너가셨습니다. 연경(燕京)에선 지공(指空) 대사를 뵈었고, 강남(江南)에선 평산처림(平山處林) 선사에게 가르침을 얻었습니다. 지공 대사는 천축국에서 태어나셨고 날란다〔那爛陀〕에서 공부하신 뒤 원나라와 고려에 큰 깨달음을 널리 펴셨지요. 오늘은 나옹 대사가 평산 선사를 처음 찾아갔을 때 이야기를 들려드릴까 합니다. 평산은 이곳에 오기 전에 누구를 만났는지 물었고, 나옹은 지공 대사를 먼저 뵈었다고 답하였지요. 그랬더니 평산은 지공 대사가 날마다 무슨 일을 하느냐고 다시 묻습니다. 나옹이 답합니다. '지공은 날마다 천검(千劍)을 씁니다.' 평산이 말합니다. '지공의 천검은 그만두고 그대의 일검(一劍)을 가져오라.' 나옹은 참선할 때 앉는 좌복을 들어 평산을 갑자기 후려칩니다. 평산은 거꾸러지면서 외치지요. '이 도둑놈이 사람 죽인다!' 나옹은 평산을 부축해서 일으키지요. 대장군께서 나옹이라면 평산에게 무슨 말을 하실 것 같습니까?"

"어렵군. 모르겠소. 가르침을 주오."

"이렇게 답하였답니다. '내 검은 사람을 죽이기도 하지만 살리기도 한다.' 대장군께선 저 검으로 다수의 적병을 죽였지만 그보다 백배 천배 많은 백성을 살리셨습니다. 사람을 죽이는 장수가 아니라 사람을 살리는 장수십니다. 그늘만을 바라보며 어둡다고 자책하지 마십시오."

대장군이 고개를 끄덕인 후 말머리를 돌렸다.

"대사는 정도전을 어찌 생각하오?"

"지옥을 두려워하지 않는 대장부더군요. 사지가 뜯기거나 영원히 꺼지지 않는 불구덩이에 던져지거나 거대한 쇳덩어리에 가슴이 눌리거나 맷돌에 오장육부가 갈리는 지옥들을 자세히 알려 줬더니, 겨우 그 정도냐면서 이런 지옥은 없느냐고 소승에게 물었답니다."

"지옥을 직접 만들어 보였단 말이오?"

"한두 개가 아닙니다. 참으로 끔찍한 풍광들을 펼쳤지요. 구름 위에서 뛰었는데 바닥에 닿지 않고 계속 추락하는 지옥이라거나 입과 코와 눈과 귀에서 피가 뿜어져 나오는 지옥이라거나 다른 사람들의 속마음이 모두 소리로 들리는 지옥이라거나 써도 써도 끝나지 않는 거대한 서책 앞에서 평생 붓을 놀려야 하는 지옥은 어떠냐고 하였습니다."

"정도전답소."

"이 모두가 농담이라며, 지옥 따윈 없다고 단언하더군
요. 그래서 소승이 물었습니다. 지옥이 없다면 사람들이 악
행을 하고도 두려워할 것이 없으니 세상이 참으로 혼탁해
질 것이 아니냐고 말입니다. 곧장 답하였습니다. '군자(君
子)가 선을 좋아하고 악을 미워하는 것은 마음에서 저절로
우러나오는 것이지요. 지옥이니 형벌이니 이딴 것이 두려
워서가 아니랍니다. 악한 일을 하면 그 부끄러움이 마음에
깊이 남아서 평생 사라지질 않습니다. 지옥을 피하려고 착
한 일을 하는 것이 아니라, 부끄러움을 없애기 위하여, 한
사람의 인간으로서 노력하고 또 노력할 따름이지요.'"

"대사는 그 답에 어떤 의견을 내었소?"

무학이 미소와 함께 답했다.

"부끄러움을 아는 이는 지옥에 가지 않을 테니, 지옥이
있든 없든 상관이 없지 않겠느냐고 말씀드렸습니다."

대장군이 따라 웃으며 말했다.

"무학과 정도전, 그대 둘은 걱정이 없겠소. 강가의 모래
알처럼 죄가 무수히 많은 나한테만 지옥이 문제인 게요.
마음의 병은 다스리기가 참으로 어렵구려."

"마음의 문제를 풀기 위해선, 화두를 붙들고 수행에 정
진하는 간화선(看話禪)보다 더 나은 것이 없습니다."

"대선사들의 가르침은 쉬운 듯하면서도 무척 어렵소. 어디서부터 시작해야 할지, 어떤 화두를 붙들어야 할지 모르겠소."

무학이 갑자가 지팡이를 들었다.

"보이십니까?"

대상군이 고개를 끄덕였다. 지팡이로 바다을 세 번 힘껏 쳤다.

"들리십니까?"

"아직 귀가 먹진 않았소."

"그렇다면 말씀해 보시지요. 이것이 무엇입니까? 이것은 맺어진 겁니까, 풀린 겁니까? 가는 겁니까, 오는 겁니까? 새것입니까, 옛것입니까? 변하는 겁니까, 변하지 않는 겁니까?"

대장군이 잠시 생각한 후 답했다.

"그런 질문은 잘 모르겠고, 내 눈에는 대사와 함께 오랜 세월 천하를 두루 다닌 지팡이로 보이오."

무학이 다시 지팡이를 내리친 후 말했다.

"그렇습니다. 지팡이가 맞습니다. 이렇듯 간화선은 전혀 어렵지 않습니다. 단어나 문장을 붙드는 것이 불편하시면 가까이 두고 쓰시는 물건을 하나 붙드시지요. 소승이 이 못난 지팡이를 종종 써먹는 것처럼."

"그리해도 되오?"

"저 활은 어떠십니까? 평생 대장군 곁을 지킨 물건이 아닙니까?"

"알겠소. 내 다시 간화선을 해 보리다."

어의가 왔다. 대장군이 만나지 않고 돌려보냈다.

◎ 왕이 왕성에 머물렀다.

상춘정(賞春亭)에 가서 세자를 위로하는 잔치를 크게 베풀었다. 악공들을 불러 여러 가지 놀이를 번갈아 시켰다. 도당의 대신들에게 술을 두루 권하고 왕도 취했다. 악공이 불던 피리를 빼앗아 불려 했지만 소리가 나오지 않았다.

"신우는 피리 부는 솜씨가 남달랐소. 기린선(麒麟船)이나 봉천선(奉天船)을 타고 강을 떠돌며 해가 질 때까지 음률을 즐겼소. 대장군에게 요동을 정벌하라 출병을 명한 뒤에도 대동강에서 원나라 음악을 종일 연주하지 않았소? 용상에 앉아 있는 것보다도 맹인 악사들과 함께 피리 부는 것이 훨씬 즐겁다는 말도 했다 들었소. 진심일 게요. 높은 소리 달을 흔들고 여섯 구멍 별을 뚫는다는 정 시중의 시를 읽은 적이 있다오."

정몽주가 말했다.

"어리석은 푸념에 불과하옵니다. 어찌 군왕의 길과 악공의 길을 비교할 수 있겠사옵니까?"

"유생(儒生)들은 받들 왕을 잘못 만났다며 산림에 은거하겠다는 소릴 곧잘 하지 않소? 신하는 제 뜻대로 나아오거나 물러나도 되는데, 왕은 그리 못하니 이게 과연 합당하다고 보오? 과인은 피리 부는 재주는 없으나 그림이라면 즐겨 그리오. 그대들이 나를 불러내지 않았다면 왕성을 떠나 인적 드문 깊은 골짜기에서, 누운 낙타[臥駝]처럼 세상근심 모두 잊고 산과 나무와 새와 물고기를 그리며 희희낙락하고 있을 것이오."

"신들의 불충을 꾸짖어 주시오소서."

왕이 삼사좌사 조준을 보며 말을 이었다.

"지나간 일은 되돌릴 수 없지만 훗날은 기약할 수 있을 듯도 싶소. 아니 그렇소, 조 좌사?"

조준이 답했다.

"그림을 그릴 만한 곳은 왕성 안팎에도 많사옵니다. 장소를 정하여 비우라 하명하시면 잡인들의 내왕이 없도록 조처하겠사옵니다."

"용상을 차지한 채 그림을 그리라?"

"그러하옵니다."

왕이 노리며 다시 물었다.

"용상을 차지했는데 그림에만 몰두할 순 없지. 용상을 차지한 채 경영전 옆 구정(毬庭)에서 격구를 즐길 수도 있고 사냥을 나설 수도 있지 않겠소?"

조준이 답했다.

"사서(史書)를 살피면, 선대왕들께서 말을 달려 남경(南京)까지 사냥을 즐기신 기록이 적지 않사옵니다. 특히 원나라 공주를 왕비로 맞이하셨을 때는 말 머리를 나란히 하고 나들이를 나서기도 하셨사옵니다."

왕이 웃으며 말했다.

"그러다가 대장군처럼 낙마라도 하면 큰일 아니겠소? 과인의 심장이나 목을 노리고 어디서 화살이 날아들지 모르는 일!"

조준이 당황하여 즉답을 못하고 머뭇거렸다. 왕이 좌중을 돌아본 후 정몽주에게 시선을 주며 말했다.

"신우가 그림이나 사냥 혹은 격구 대신 향악(鄕樂)을 주관하던 관습도감(慣習都監)*을 드나들며 작은 뿔피리를 불고 뿔잔에 술을 부어 마시며 즐긴 이율 알겠소. 피린 구중궁궐에 꼭꼭 숨어서도 즐길 수 있지 않소? 저승에서는 조상을 감동시키고 이승에서는 왕과 신하를 화합시키는 것

---

* 고려 말기에 음악을 맡아 보던 관아.

이 곧 음악이라니, 나도 오늘부터 피리나 배워 보려 하오. 정 시중! 함께 배우겠소?"

왕이 해 질 무렵 성균관을 둘러보았다. 학관들을 칭찬하며 술을 내린 뒤 정몽주와 함께 빈 교실에 들어 차를 마셨다. 왕이 물었다.

"이 나라엔 시문에 목숨을 거는 이가 끊어진 적이 없소. 고려 이전엔 누가 탁월하였소?"

"신라의 최치원이 으뜸이옵니다."

"고려에선 누굴 꼽을 수 있겠소?"

"시중 김부식과 학사 이규보가 걸출하옵니다."

"그들과 술 한잔 기울이지 못한 게 아쉽소. 선왕이신 공민왕 대부터 따져 정 시중까지 이르는 흐름을 알려 주시오."

"중원을 두루 다닌 익재 이제현의 글이 고문에 가까워 진중하고 또 넓사옵니다. 그 세계를 가정 이곡이 흠모하였고, 그 마음은 아들인 목은 이색에게 이어졌사옵니다. 목은 학당에서 그에게 배운 이로는 정도전, 이숭인, 박상충, 박의중, 김구용, 윤소종, 권근 등이 있사옵니다. 저 역시 말석에 끼긴 하옵니다."

"말석이 아니라 첫손에 놓임을 과인도 잘 아오. 성균관이 이만큼 부흥된 것도 정 시중이 힘써 학관을 뽑고 학생들을 가르친 공이라오."

"과찬이시옵니다. 스승을 도와드렸을 뿐이옵니다."

"정 시중이 특히 정도전과 친하다고 들었소만. 얼마나 친한 사이요?"

정몽주가 잠시 생각한 후 답했다.

"병인년(1386년, 우왕 12년)에 사신으로 명나라를 다녀왔사옵니다. 바삐 걸음을 재촉하던 어느 밤에 문득 세 벗이 사모하는 님처럼 무척 그리웠사옵니다. 공맹을 읽고 논하는 정도전과 시를 쓰고 고치는 이숭인 그리고 마음을 들여다보며 그윽하게 앉아 있는 이집이 그들이옵니다. 이집은 그다음 해에 죽었으니, 정도전과 이숭인이 남았사옵니다."

"소싯적에 정도전은 어땠소?"

"스승이 이렇게 지적하신 적이 있사옵니다. '연구하여 밝히는 것은 정몽주와 같고 글을 쓰는 것은 이숭인과 같다.'"

"지나친 칭찬이 아니오?"

"명나라 사신 주탁(周倬)은 정도전의 칠언시가 청신(淸新)하고 유량(瀏亮)하며 오언시는 침착(沈着)하고 간고(簡古)하다고 칭찬하였사옵니다. 학문과 의론(議論) 또한 평범한 이는 따르지 못할 만큼 넓고 두루 통달하였사옵니다. 그러나 문장은 정도전의 작은 재주일 뿐이옵니다. 그는 일찍이 재상 주공(周公)이나 이윤(伊尹)과 같은 뜻을 품었사옵니다."

"그 됨됨이가 어떠한지 좀 더 자세히 듣고 싶소."

정몽주가 잠시 생각한 후 답했다.

"한겨울에 강으로 낚시를 나간 적이 있사옵니다. 꽁꽁 언 얼음은 큰 장작불로도 녹일 수 없었사옵니다. 따라온 늙은 하인이 작은 송곳과 나무망치를 꺼냈사옵니다. 그리고 송곳을 얼음에 대고 나무망치를 내리쳤사옵니다. 얼음이 점점 깊게 패었사옵니다. 얼음 밑으로 흘러가는 물이 또렷이 보일 정도가 되자, 하인은 송곳과 나무망치를 놓고 크고 긴 창을 힘껏 찔러 둥글게 구멍을 만들었사옵니다. 저는 그 구멍에 낚싯줄을 드리우고 잉어를 다섯 마리나 낚았사옵니다. 정도전은 송곳 같은 사람이옵니다. 가장 먼저 싸우겠다고 나서는 사람, 얼음의 차가움을 느끼는 사람, 수십 번 수백 번 얻어맞더라도 목적을 이룰 수 있으리라 낙관하는 사람, 그리고 때가 왔을 때는 다른 이에게 대업을 맡기고 한발 비켜서는 사람이옵니다."

"불같이 화를 잘 낸다 들었소만."

"전횡(田橫)을 아시옵니까? 한 고조가 그를 중용할 뜻을 알렸으나 신하가 되기를 거부하고 자결하였사옵니다.

따르던 500명의 부하도 오호도에서 자결하였사옵니다. 정도전은 전횡과 그 부하들을 아껴, 신과 함께 명나라에 갈 때 이런 시를 지은 적이 있사옵니다. '아침 해가 바다에 솟아/ 외론 섬을 비치나니/ 그대 붉은 마음은/ 이 해와 같구나.(曉日出海亦 直照孤島中 夫子一片心 正與此日同)' 정도전의 기상 또한 해처럼 이글이글 뜨겁사옵니다. 높은 의기가 천년을 감동시킬 만하옵니다. 맡은 바 소임을 목숨을 걸고 완수하는 사람이옵니다."

"욕심이 끝을 모른다고 들었소만."

"책 욕심이 대단하옵니다. 약한 나라를 강하게 바꾸려는 욕심이 대단하옵니다. 억울한 백성이 한 사람도 없도록 법을 고치고 제도를 만들려는 욕심이 대단하옵니다. 이 욕심들은 다행스럽게도 끝이 없을 것이옵니다."

"욕심을 채우기 위해서라면 못할 짓이 없는 위인이라 또한 들었소만. 위화도에서 말 머리를 돌린 것이나 최영 장군을 죽인 것이나 신우와 신창을 신돈의 자식으로 확정지어 없애는 일 또한 정도전의 머리에서 나오지 않았소? 그리고 그 빈자리에 힘없는 종친인 과인을 발견해서 데려다 놓은 것도 정도전의 작품일 것이오. 과인은 그의 욕심을 끝까지 채울 수 있는 사람이 아니오. 곧 과인을 폐하고 그 자리에 또 진짜 주인을 앉히겠노라 나서겠지."

"대장군은 용상에 욕심이 없사옵니다."

"변하는 것이 사람 마음이라오. 조준은 과인 앞에서 숙이는 시늉이라도 하지만, 정도전은 두 눈에 힘을 잔뜩 준 채 끝까지 맞선다오. 송곳! 적절한 지적인 것 같소. 정 시중! 과인은 송곳에 찔리고 싶지 않소."

"대장군은 어떠한 경우에노 선하를 보필하겠다고 맹세하였사옵니다."

"대장군은 믿소. 하지만 정도전과 그 무리는 믿지 못하겠소. 대장군이 그들을 벗으로 대하니, 정도전 등이 독단으로 일을 벌인 적도 많다고 들었소."

왕이 잠시 멈췄다가 힘을 모아 강조했다.

"과인은 고려의 마지막 왕이 되고 싶지 않소."

"전하! 망극한 말씀 거두어 주시옵소서."

"정 시중! 종이 위에서만 호방함을 뽐내지 말고 부디 과인을 지켜 주시오."

◎ 정몽주가 해가 진 뒤 퇴궐한 후 김진양을 은밀히 불렀다.

별당 뒷마당을 거닐었다. 화분에 분재로 심은 소나무와 대나무와 난초와 매화에 다가갔다. 골짜기처럼 구부러진 소나무 가지와 곧게 뻗은 대나무를 비교하며 살폈다. 이윽고 김진양이 오니 하인들까지 물린 뒤 별당에 마주 앉았다. 김진양이 물었다.

"결심이 서셨습니까?"

"결심은 말로 하는 게 아닐세."

"저희는 이미 목숨을 걸었습니다."

"약속부터 두 가지 하세."

"말씀하시지요."

"내 허락 없인 함부로 움직이지 않겠다고."

"알겠습니다."

"둘째, 간관의 소임을 벗어나서는 아니 되네."

"직분에 얽매이지 않고 행하는 이가 재상이요, 말하는 이가 간관입니다. 간관의 지위가 재상보다 낮더라도 재상과 동등하다 일컬음은 이 때문이지요. 왕이 아니 된다고 하여도 재상은 된다고 할 수 있고 왕이 된다고 하여도 재상은 아니 된다고 하며 왕과 함께 가부를 결정할 수 있습니다. 왕이 옳다고 하여도 간관은 옳지 않다고 할 수 있고 왕이 꼭 하겠다고 하여도 간관은 반드시 해서는 아니 된다고 하며 왕과 함께 시비를 다툴 수 있습니다. 재상과 간관의 책임이 한정되지 않고 천하에 이른다는 것은 이 때문입니다."

"명명백백한 물증과 증인에 근거하지 않고는 일국의 대

신들을 논죄해선 안 돼."

"이미 마쳤습니다."

"논죄할 대신 중 으뜸은 누구인가?"

"대장군 이성계입니다."

정몽주가 도끼눈을 뜨곤 꾸짖었다.

"허락할 수 없네. 대장군은 죄가 없어. 디그니 세상 민신이 그에게 있음일세. 소문대로 부상이 심하다면 더더욱 그를 위하려는 마음이 커질 걸세."

"빼겠습니다."

"버금은 누구인가?"

"전 정당문학 정도전, 삼사좌사 조준입니다. 모든 잘못이 이 두 사람에게서 비롯되었습니다. 특히 정도전은 스승인 목은 선생의 목을 베라는 망언까지 서슴지 않았습니다."

정몽주가 이어 물었다.

"그 외엔 누구누구인가?"

"밀직부사 남은, 전 판서 윤소종, 전 판사 남재, 청주목사 조박 등을 우선 꼽았습니다."

"이들에게 어떤 벌을 내려 달라 아뢸 생각인가?"

"당연히 극형입니다."

"허락할 수 없네. 원배까지는 용납하겠네만 목숨을 앗는 일은 찬찬히 죄를 따진 후에 처결하는 것이 정도일세."

"대장군이 힘으로 밀어붙이면 우린 당해 내지 못합니다. 선공을 펴 반격의 틈을 줘선 안 됩니다."

"전투라도 벌일 기세군. 자넨 잊었는가? 백전백승의 명장과 피를 보겠다고 맞서면 완패할 수밖에 없어."

김진양이 목소리를 낮췄다.

"비책을 알려 주십시오."

"비책은 없네. 다만 우리가 명분을 쥐면 제아무리 대장군이라도 함부로 장졸을 움직일 수 없지. 그러니 물증을 가져오라는 게고. 몇 사람 목숨을 취하는 것보단 법에 따라 원배를 보내도록 하세. 피를 보면 안 돼. 사형은 물론이고 혹독한 문초로 죽음에 이르는 일도 없어야 하네. 성급한 결정과 과한 언행은 우리의 두려움을 드러내는 꼴이야. 대장군이 완쾌되어 왕성으로 돌아오더라도 그와 가까운 대신들에게 벌을 준 근거를 조목조목 눈을 맞추며 설명할 수 있어야 해. 그 정도 각오를 하지 않는다면 그만두게."

"명심하겠습니다."

김진양이 상기된 얼굴로 고마움을 전했다.

"결심해 주셔서 감사합니다."

"감사받을 일이 아닐세. 다시 한 번 강조하지만 법에 정한 대로만 준비하게. 내 허락이 떨어지기 전까진 상소를

올려서도 안 되고 사사롭게 장졸들을 움직여서도 절대 안
돼. 대장군을 따르는 장수들 외에 우리 편에 설 무장들은
이미 은퇴했거나 변방으로 쫓겨 갔음을 명심하게. 빌미를
주지 않으면 저들도 어쩌지 못해."

정몽주가 말을 끊었다가 김진양의 눈을 노리며 이었다.

"명심하게. 위화도회군 이전으로 돌아가려는 게 걸고 아
니야. 이 길만이 혁명을 완성시킬 수 있기 때문이지. 정국
이 새로운 틀을 짜게 되면, 그땐 정도전도 다시 불러 요직
에 앉힐 걸세. 내겐 그가 필요해."

김진양이 거듭 허리를 숙였다.

"왜 또 이러는가?"

"저희들을 간관으로 택하여 뽑아 주셔서 감사합니다. 이
일을 준비하며 비로소 깨달았습니다. 대장군을 지지하는
간관이 거의 없다는 것을. 오늘 같은 날을 예상하고 시중
께서 준비하셨다는 것을."

정몽주가 담담하게 말했다.

"어명으로 행하는 일일세. 전하께 올릴 글이 완성되면
가지고 오게."

"알겠습니다."

그래도 안심하기 어려운 듯, 정몽주는 수백 번은 읽고
외운 맹자의 가르침 하나를 건넸다.

"이(利)를 추구하는 데 주도면밀한 자는 흉년도 그를 죽일 수 없는 법일세."

김진양이 받았다.

"덕(德)을 추구하는 데 주도면밀한 자는 사악한 세상도 그를 어지럽힐 수 없다고 했습니다. 주도면밀함을 잃지 않겠습니다."

곡소리에 잠을 깼다. 옆집 늙은 황소가 간밤에 죽었다. 늙은 농부는 쓰러진 황소 옆에서 울음을 그치지 않았다. 수십 년 정이 들면 사람이 짐승보다 낫다는 말도 있어 참고 넘기려 했다. 점심까지 곡이 이어졌기에 옆집으로 갔다. 방 한 칸, 부엌 한 칸이 전부인 농부는 부엌에서 밥을 짓고 소를 키웠다. 여자의 흔적은 어디에도 없었다. 혼인을 했는데 사별한 것인지 아내가 집을 나간 것인지 혹은 처음부터 지금까지 혼자 살았는지는 그때그때 말이 달랐다. 지나침은 모자람만 못하니 그만 슬픔을 거두라고 권했다. 농부가 울음을 삼키곤 물었다.

"부모 친척의 상(喪)을 제외하고 생명붙이를 위해 하루

종일 운 적이 있습니까?"

"없소."

"왜구들이 침탈하여 많은 이들이 죽거나 끌려갔습니다. 그때 혹시 울지 않았습니까?"

"울지 않았소."

"흉년이 들어 또 많은 이늘이 곪어 죽은 해를 기억하시지요? 그때 혹시 울지 않았습니까?"

"울지 않았소."

"어찌 그럴 수가 있습니까? 뒤이어 돌림병 때문에 열두 마을의 주민들이 몰살한 적도 있습니다. 그때 혹시 울지 않았습니까?"

"울지 않았소."

"그렇다면 내가 우는 것을 말릴 자격이 없습니다."

"울어 보지 않았다고 어찌 이치를 따지지 못한단 말이오? 울음에 이르지 않더라도 알고 행해야 하는 일이 이 세상엔 가득하오."

"슬픔을 느끼지 않고 이치만 따지기 때문에 백성이 정치가를 믿지 못하는 겁니다. 왜구에게 어느 날 갑자기 죽임을 당하는 일, 흉년이 들고 돌림병이 도는 일, 또 수십 년을 함께 산 황소가 갑자기 숨을 거둔 일, 이 불행들을 어떤 이치로 명쾌하게 설명하시렵니까? 우는 것 외엔 답이 없는 일도 꽤 많습니다."

비로소 그 농부가 땅만 갈고 곡식만 심는 이가 아니란 것을 깨달았다.

노을이 깔리자, 곡소리가 멈추고 노랫가락이 흘러나왔다. 농부의 선창에 이어 수많은 목소리가 소리를 받았다. 집 안은 물론 마당과 길까지 마을 사람들이 모두 모여 「소 모는 소리」를 부르는 중이었다.

이랴이랴 워디워디 이랴이랴이랴
가자 가자 어서 가자 쉬지 말고 어서 가자.
이 밭 갈아 옥토 삼고 씨앗 심어 길러 보세.
이 곡식을 거둬들여 부모 봉양 다하고서
자식 놈들 입고 먹여 이 한세상 살고 지고
이랴이랴 워디 이래이 쯔쯔쯔쯔 이랴
가자 가자 어서 가자 쉬지 말고 어서 가자.

노래가 끝난 후 마을 사람들에게 빠짐없이 고깃국이 나눠졌다. 구경꾼인 내게도 국 사발이 왔다. 새벽에 죽은 황소를 끓여 만든 것이다. 뒤이어 탁주도 한 사발씩 돌았다. 농부에게 물었다.

"종일 곡을 하기에 황소를 양지바른 언덕에 묻겠거니

여겼는데, 마을 사람을 모두 불러들여 함께 노래하며 먹고
마시는 까닭이 무엇이오?"

농부가 한심하다는 듯 헛웃음과 함께 답했다.

"언덕에 묻으면 나만 황소를 기억하지만, 이렇게 나눠
먹고 즐기면 마을 사람 모두 우리 집 황소 덕분에 배를 채
운 밤을 잊지 않을 겁니다. 여기선 누구나 이렇게 삽니다."

술이 한 순배 돌 때마다 마을 사람들은 저마다 황소에
얽힌 이야기를 한 토막씩 꺼냈다. 온갖 황소들이 이야기판
에 출몰했다. 사냥 나온 왕을 구하고 정오품 벼슬을 받은
황소, 늑대 울음을 우는 황소, 발이 여섯 개, 일곱 개, 여덟
개인 황소, 공자님 말씀엔 귀 기울이지만 맹자님 말씀엔
고개 저으며 뒷발을 차 대는 황소, 풀 대신 흙만 먹는 황소,
10년 동안 황소였다가 죽을 땐 암소로 변한 황소, 반대로
암소였다가 황소로 변한 황소, 하늘을 나는 황소, 바다 밑
을 걷는 황소, 말보다 더 빨리 달리는 황소, 뿔로 바위를 부
순 황소, 손바닥 하나에 쏙 들어가는 황소, 나라님 계신 궁
궐보다 더 거대하게 자란 황소.

농부는 황소에 관한 이야기들을 들으며 함께 웃고 마시
고 노래하다가 손등으로 눈물을 훔쳤다. 그 모든 황소를
합쳐도 오늘 죽은 황소에는 미치지 못한다고 했다. 농부의
황소는 보름달이 뜨면 긴 울음을 먼저 울었고, 농부가 빈

손으로 나오면 다시 울어 술병을 챙기도록 했으며, 등에 탄 농부가 아무리 빨리 가자 채근해도 그윽한 풍광을 충분히 즐기기 전에는 걸음을 떼지 않았고, 취한 농부가 길을 찾지 못해도 스스로 적당한 때를 택하여 돌아왔다는 것이다. 사람들은 1000리를 하룻밤에 달리는 명마(名馬)를 칭송하지만, 그 밤 10리밖에 못 가더라도 농부에게 넉넉한 여유와 즐거움을 선물하니 이 황소야말로 명우(名牛)라는 이야기다. 말을 탔다면 놓쳤을 세상의 묘(妙)한 구석을 느린 황소 덕분에 만끽한 셈이다. 농부의 젖은 눈은 순하디순한 황소의 눈을 닮았다. 즐거우면서 음란하지 않고 슬프면서도 마음 상하지 않는 시집을 읽는 기분이 이와 같을까.

낮에는 능선을 탔다. 한 달 전 산불이 난 탓에 검은 재가 그득했다. 불바람을 피하지 못한 토끼며 노루며 멧돼지들의 시체가 나뒹굴었다. 일흔 살을 넘긴, 삼옹(森翁)으로 통하는 늙은이만 능선을 바삐 오갔다. 그가 과연 능선에서 무엇을 하는지 아는 사람이 없었다. 점심때 황소를 잃고 곡을 하는 농부의 집에서 나오다가 삼옹을 발견하고 손목을 쥐었다.

"매일 능선에 가서 뭘 하오?"

삼옹이 천으로 덮인 지게를 고쳐 메곤 답했다.

"궁금하면 따르십시오."

비탈로 접어들자마자 검은 재들이 풀풀 날리며 신발과 바지를 더럽혔다. 삼용은 무거운 지게를 지고도 사뿐사뿐 걸음을 옮겼다. 재가 전혀 흩날리지 않았다. 능선에 오르니 어제까지 삼용이 심어 놓은 어린 나무들이 보였다. 홀로 이곳까지 와서 나무를 심은 것이다. 삼용이 지게를 내리고 천을 걷었다. 오늘 심을 어린 나무들이 가득 담겨 있었다. 바위 밑에 숨겨 둔 삽과 괭이를 가져와선 어린 나무 한 묶음과 함께 내밀었다.

그렇게 반나절을 삼용을 따라 허리를 숙인 채 나무만 심었다. 삼용은 때때로 사라졌다가 나타났다. 물지게를 지고 계곡까지 내려갔다가 돌아온 것이다. 방금 심은 나무에 물을 그득 부어 주려고 열 번도 넘게 비탈을 오르내렸다. 준비해 간 나무를 모두 심은 뒤에 내가 물었다.

"그대 땅이오?"

"아닙니다. 여긴 농사도 짓지 못하니, 누가 가지려고 탐을 낼 곳이 아니지요."

"한데 왜 나무를 가져와서 심는 게요?"

"움직이는 나무들이 좋아서입니다. 불이 난 후론 능선이 너무 고요합니다."

"나무들이 움직인다고 했소? 나무들이 어떻게 움직인다

는 게요? 움직이지 못하기에 불이 나도 달아나지 못하고 모조리 불타 버린 게 아니오?"

삼웅은 하산길에 나를 데리고 잠시 참나무 숲으로 갔다. 불길이 미치지 않은 숲은 그림자가 짙고 시원했다. 삼웅이 턱을 들며 말했다.

"잘 보십시오. 나무들이 얼마나 신나게 움직이는지."

산바람이 불어 내렸다. 가지가 흔들리면서 잎이 덩달아 춤을 추었다. 어린 나무들은 줄기까지 휘청대기도 했다. 내가 따져 물었다.

"바람이 움직이는 것이지 않소? 나무는 다만 흔들릴 뿐이고."

"바람도 움직이긴 하지요. 하지만 나무가 움직이지 않았다면 지금처럼 바람을 만나 춤출 기회가 없었을 겁니다. 사람이나 들짐승들은 대부분 좌우로 움직이지만 나무는 위아래로 움직입니다. 이 어린 나무가 어떻게 저와 같이 크고 긴 나무로 자라는지 생각해 보십시오. 우리가 관심을 갖고 자세히 살피지 않아서 몰랐을 뿐이지, 나무는 매일매일 움직입니다. 우선 하늘을 향하여 쑥쑥 올라가지요. 줄기를 곧게 뻗고, 또한 그 줄기에서 가지를 내보냅니다."

"아래로 움직인다는 건 무슨 말이오?"

"저 땅속에서 나무가 하는 일을 떠올려 보십시오. 나무의 뿌리는 깊은 곳을 향하여 파고들어 갑니다. 뿌리가 깊이 내려갈수록 줄기는 높이 솟구치는 법이지요. 이래도 나무는 움직이지 않는다고 주장하시겠습니까?"

솔직히 잘못을 인정했다.

"내 생각이 짧았소. 한데 나무의 줄기와 가지가 허공으로 올라가는 것이야 눈대중으로 살피며 즐길 수 있으나, 그 뿌리가 땅으로 파고드는 것은 흙을 덜어 내지 않는 이상 알기 어렵지 않소? 아래로 향하는 움직임은 어떻게 즐긴다는 게요?"

"눈으로 꼭 봐야만 즐기는 건 아닙니다. 줄기의 굵기와 길이, 또 가지의 벌어진 꼴과 잎의 모양을 세세히 살피며, 뿌리가 얼마나 넓은 땅을 얼마나 깊이 파고들었는지 상상하는 재미가 쏠쏠하지요. 위가 아름다우려면 아래가 튼튼해야 합니다. 아래가 건강하지 않고는 햇빛이 아무리 좋아도 나무는 썩어 부러지고 맙니다."

삼옹이 서둘러 숲을 내려왔다. 나는 그의 빈 지게를 쳐다보며, 뿌리를 백성에 빗대어 보았다. 보이지 않는다고 없는 것이 아니며, 보이지 않는다고 즐길 수 없는 것은 아니다. 이 문장을 되뇌며 농부의 집으로 삼옹과 함께 들어갔다. 곡소리가 어느새 노랫가락으로 바뀌었다.

포은에게 보낼 서찰을 썼지만 마음에 들지 않아 종이를 물로 씻었다. 그 대신 재상을 중심에 둔 관직 체계와 운용 방안이 담긴 두루마리를 이매에게 맡겨 포은에게 가져다주라고 했다. 귀양 오기 전 포은 집에 종종 들렀기에, 이매와 망량은 포은과 인사를 나누고 술도 몇 잔 얻어 마셨다. 포은은 갈대처럼 흔들거리며 이매가 드물게 들려주는 노랫가락을 즐겼다.

"수문하시중댁입니까?"

"역대 명재상들의 장단점을 따로 덧붙였다네. 서두르게."

"아직도 수문하시중과 대의를 도모할 수 있다고 정녕 믿으십니까?"

"오래전부터 함께 의논하고 준비해 온 일일세. 무엇을 걱정하는 줄은 알겠으나, 재상 중심의 정치를 펴는 것은 정 시중과 나의 간절한 염원이라네. 이걸 하려고 여기까지 달려왔어."

이매가 두루마리를 고이 품에 넣고 일어서려다가 물었다.

"이곳 형편을 물으시면 어찌 답할까요? 해주와 소통하는 일은 숨길까요?"

언젠가 벽란도로 함께 뱃놀이를 갔을 때 포은이 양손을

활짝 펴 보이며 했던 말이 떠올랐다. 나는 삼봉 자네에게 숨기는 게 아무것도 없다네, 언제까지나.

"아는 대로 모두 답하도록 해."

포은에게 보내려다가 그만둔 서찰 초본을 아래에 덧붙인다. 퇴고를 끝낸 완본은 물에 씻겨 영원히 사라졌다. 완본의 문체가 더 쌀쌀하고 부드럽지만 거친 초본의 당당함도 나쁘진 않다. 거듭 던진 질문은 이것이다. 왕이란 무엇인가. 비록 지금은 포은에게 이 서찰을 띄우지 못하지만, 상황이 좋아지고 여러 가지 오해가 풀리고 나면, 꼭 그에게 이 글을 읽어 주고 싶다. 진심이니까.

문방사우는 잘 받았습니다. 제가 좋아하는 빛깔과 모양 그리고 짐승의 털을 골라 주셔서, 이 아우의 기쁨과 부끄러움이 더욱 컸습니다.

머릿속에서만 맴돌던 몇몇 구상들을 끄적이고 또 지운답니다. 저녁 숙직과 아침 출근으로 꿈꿀 겨를도 없이 바쁜 형님의 시간을 빼앗지 않으려고 답신을 아껴 두었지요. 왕성에서 해후하는 날에 자를 건 자르고 다툴 건 다투고 버릴 건 버리면 된다고 여겼습니다. 곧장 답을 주지 않았다고 설마 이 아우를 책망하진 않으시겠지요.

형님이 오래전에 지은 장쾌한 시들을 구하여 손가락으

로 짚어 가며 읽었습니다. 그중 몇 수는 형님이 눈을 감고 시상을 떠올렸다가 단숨에 적어 나가는 것을 곁에서 지켜보기도 했지요. 왕성에서 혹은 벽란도에서 혹은 명나라를 다녀오는 사행길에서, 형님은 늘 시를 읽고 외우고 가다듬고 또 쓰셨습니다. 시를 한 수 한 수 짚어 나가니, 그 시절 겪은 일들이 새삼 떠오르고 또 함께 노닐던 산이며 강이며 정자며 주점까지 눈앞에 펼쳐 놓은 듯 분명합니다. 시로써 본다는 말이 과연 이런 것이구나 절감하였지요. 형님과 저는 언젠가는 늙고 병들어 죽겠지만 우리가 즐기고 또 고생한 나날은 시 속에 영원할 테니 참으로 든든하였습니다.

마음을 고쳐 부족한 문장을 보여 드리는 것은 이명 탓입니다. 아우가 귀양 오던 날, 회빈문 밖까지 배웅을 나오셔서 이렇게 물으셨지요.

"삼봉! 솔직해지세. 우린 이씨의 나라가 아니라 백성의 나라를 열망하지 않았는가?"

물음을 이으셨습니다.

"이씨면 혁명이 완성되고 왕씨면 혁명이 좌절된다는 말장난을 자네도 믿는 건 아니겠지? 주객을 바꾸지 말게. 처음부터 지금까지 내겐 백성이 가장 귀하였으이."

저는 정말 고마웠습니다. 울컥 뜨거운 기운이 올라와서 얼굴을 붉히기까지 했지요. 이 솔직한 물음들은 저를 정말 아우로 아끼기에 던진 겁니다. 지금 붓을 들며 저 역시 형님을 아끼는 마음에서 출발하려 합니다. 거추장스러운 옷과 탈 따윈 벗어 두렵니다.

이 서찰은 그 물음에 대한 저의 마지막 답입니다. 단 하루도 없어지지 않고 천하에 존재하는 도(道)에 관한 이야기이기도 합니다.

왜 금상을 폐하고 대장군 이성계가 왕위에 올라야 하는지를, 서찰이 끝날 즈음 형님도 동의해 주셨으면 합니다.

저도 언제나 백성의 나라를 열망해 왔고 그 마음은 영원히 바뀌지 않을 겁니다. 왕씨든 이씨든 혹은 또 다른 성씨든 우리가 동의한 원칙에서 벗어나는 일은 없습니다. 그러나 이런 확인이 이씨면 어떻고 왕씨면 어떠냐는 식으로 단순화되어선 안 됩니다. 공민왕의 죽음에서부터 지금까지 혁명을 이어 온 이들을, 반원(反元)의 기치 아래 뭉친 문신들과 무신들로 대충 뭉뚱그릴 수 없습니다. 이씨가 아니라 대장군 이성계여야만 하고 왕씨가 아니라 금상과 왕세자 또 다른 왕실의 종친들을 고려해야 합니다. 그러니까 최소한 이런 질문이 합당하겠지요. 대장군 이성계와 금상 중에서 누굴 왕으로 둘 때 우리의 혁명이 완성될 것인가. 좀 더 확장하자면, 대장군 이성계를 한편에 두고 금상과 세자를 포함한 왕실 종친 전체가 비교 대상입니다.

노파심에 몇 자 질문 같지도 않은 질문을 해 두려고 합니다. 설마 고려에 충성을 다하겠다는 식의 모호한 고집을 부리지는 않으시겠지요? 예(禮)든 의(義)든 명확한 근거와 구체적인 과정을 따지지 않는다면 쟁론은 답을 찾기 어렵다 하신 이는 형님이십니다. 함주에서 흥국사까지 형님이 걸어오신 길이 겨우 신우와 신창으로 이어진 왕위를 금상에게 돌려놓는 것 정도를 위해서는 아닐 겁니다.

감히 제가 형님의 고민을 추측해 보자면, 우리가 바라는 재상 중심의 법과 제도를 운용하기 위해 과연 누가 용상에 있는 것이 나은가 하는 문제이겠지요. 언제나 저희보다 한두 걸음 먼저 가서 정답을 찾던 형님이 이 문제로 주저하는 것 자체가 안타깝지만, 한 번쯤은 짚고 넘어가는 것도 나쁘진 않겠습니다.

대장군과 금상의 태도가 겉보기엔 비슷한 구석이 꽤 있습니다. 나서지 않고 도당 대신들에게 대소사를 일임하는 모습이 대표적인 예이겠지요. 대장군은 노구(老軀)에 병까지 들었다는 핑계로 시중 자리마저 여러 번 사임을 청하셨습니다. 도당에서 중요한 문제에 의견을 구해도, 자신은 변방의 장수에 지나지 않아 학문과 세상 이치를 논할 혜안이 없다며 돌려보냈지요. 금상도 어명을 먼저 내리지 않고 도당의 뜻을 하문합니다. 사전 혁파의 문제로 조정이 시끄러울 때도, 금상은 혁파를 반대하는 목은 선생의 의견도 듣고 혁파를 주창하는 조준과 저의 의견도 듣고 또 따로 형님께 해결책을 구하기도 하였지요. 명나라에 세자를 입조시키는 문제도 도당의 결정에 따른 겁니다.

세상 사람들은 이를 두고 신중하며 열린 귀를 가졌다 평하겠지요. 하지만 대상군과 금상의 태도는 겉보기만 비슷할 뿐 속은 완전히 다릅니다. 권세를 누릴 수 있으나 누리지 않는 이가 대장군이라면, 권세를 누리려다가 혹시 화가 미칠까 두려워 눈치를 살피는 이가 금상입니다. 함주에서부터 지금까지 대장군은 단 한 번도 삶의 자세를 바꾼 적이 없습니다. 주변 눈치를 살피지 않으며 자신의 뜻을 먼저 밝히고 지키고자 애쓰지요. 하지만 금상은 가장 늦게야 마지못해 의견을 내곤 처음부터 자신도 그와 같이 생각했노라 떠들어 댑니다. 대장군과 형님의 눈치를 보느라 바쁜 나날인 것이지요. 만에 하나 대장군과 형님이 물러나고, 위화도회군 이전으로 돌아가자는 주장을 펴는 신하들이 득세하면, 금상은 또 그 길이 자신의 오랜 바람이었다고 주장할 겁니다. 대장군은 의(義)를 쫓지만 금상은 이(利)만을 따집니다. 이를 어찌 같다고 할 수 있겠습니까.

작년 4월 금상이 구언(求言) 교서를 내렸지요. 객성(客星)이 자미성(紫微星) 자리를 범하고 화요성(火曜星)이 여귀성

(興鬼星)으로 들어가는 밤하늘의 변고가 자못 심각했습니다. 천문(天文)을 맡은 서운관(書雲觀)에서도 제대로 설명을 못해 냈지요. 그때 제가 올린 글을 형님도 기억하실 겁니다. 세 가지 금상의 잘못을 지적하지 않을 수 없었습니다.

먼저 금상은 스스로를 수양하기 위해 평소에 서책을 읽거나 성현의 법을 살피지 않습니다. 정(政)이란 무엇입니까. 자신을 바르게 하는 겁니다. 자질이 뛰어나다 하여도 하루하루 스스로를 돌아보며 덕을 쌓는 노력을 게을리한다면 정치가 잘 이뤄질 까닭이 없습니다.

둘째, 금상은 공명정대하게 관리를 선발하여 임용하지 않습니다. 죄를 벌할 때도 공평함을 잃었습니다. 상이란 무엇입니까. 공 있는 자를 권장하는 도구입니다. 벌이란 무엇입니까. 죄 있는 자를 징계하는 수단입니다. 이는 왕이 하늘을 대신하여 내리는 것인데 어찌 사사로움이 그 속에 낄 수 있겠습니까. 특히 금상은 신우와 신창을 옹호한 목은 선생과 우현보의 무리를 가벼이 벌하거나 아예 벌을 내리지 않았습니다. 금상이 목은 선생의 문장을 어려서부터 좋아했고 또 우현보의 손자 우성범이 부마이기 때문에, 두 간신이 무사하다는 소문이 어찌 거짓이겠습니까.

셋째, 금상은 불교에 미혹되어 나라의 재물을 함부로 사용합니다. 이단을 멀리하고 공맹의 도리를 깊이 공부하기 위해 당나라 문인 한유의 『원도(原道)』부터 읽으시라 여러 번 권하였으나 듣지 않았습니다. 정사를 살피는 일은 게을리하면서 별전에 인왕불(仁王佛)을 안치하고 아침저녁으로 빌고 또 빕니다. 전곡의 출납을 맡은 삼사(三司)에 따르면, 나라 살림에서 불교에 대한 지출이 가장 많다고 하지 않습니까. 설산의 도량이 궁궐보디 높으니 석씨이 가르침이 어명보다 중요하단 소문이 도는 겁니다. 금상은 부처를 섬기는 이유를 나라를 부강하게 만들고자 함이라고 했다지만, 바른 정치를 펴지 않는데 연등회나 팔관회에 재물을 쏟아붓는다고 하여 어찌 수천 년 전에 죽은 석씨가 이 나라를 돌본단 말입니까. 불교뿐만이 아닙니다. 왕실과 나라의 안녕을 빈답시고 명산대천에 재물을 벌여 놓고 기도를 드리는 별기은(別祈恩) 같은 짓도 당장 멈춰야 합니다.

비교 자체가 한심한 일이기 때문에, 지금부터는 금상에 대한 논의를 멈추고 대장군에게 집중하려 합니다. 형님 주변엔 대장군이 왕이 되려고 종이처럼 엷은 민심을 어지럽힌다는 소릴 전하는 이도 있을 겁니다. 목자(木子), 즉 이(李)씨 성을 가진 이가 왕이 된다는 거리의 노래도 대장군이 은밀히 만들어 퍼뜨렸다고도 했겠지요.

위화도에서 돌아온 후 사사로운 자리에서 몇몇 이들이 대장군께 용상의 주인이 되시라 청한 적이 있긴 합니다.

그러나 그때마다 대장군은 자신이 감당할 몫이 아니라며 물러나고 또 물러나셨습니다. 이런 겸양조차 왕이 되려는 검은 마음을 가리는 수단으로 돌리는 이도 있더군요. 누군가를 모함하기로 작정하면 어떤 언행인들 곱게 보이겠습니까.

이 나라의 장졸을 마음대로 부리는, 가장 힘센 장수가 왕이 되는 것이 당연하다고 대장군이 주장했다면, 저부터 회의를 품었을 겁니다. 가장 힘센 자가 왕이 되는 판이었다면, 그렇게 용상을 차지한 왕은 신하들을 잡아 가두거나 죽이려 들 겁니다. 그러나 대장군은 힘이 약하다고 굴복하거나 힘이 세다고 군림하지 않습니다. 승리했다고 서둘러 전리품을 거두거나 패배했다고 변명거리를 찾아 들이대는 졸장도 아니지요. 대장군의 말이 아니라 행동이 이를 증명합니다.

계해년(1383년, 우왕 9년) 10월과 그 이듬해 여름 연이어 함주로 갔을 때, 물론 잘 훈련된 말과 장졸도 인상적이었지만, 제 눈길을 끈 것은 대장군이었습니다. 그의 휘하에는 고려인은 물론이고 몽골인과 여진인과 위구르인 그리고 포로로 잡혔다가 눌러앉은 왜인까지 있었습니다. 대장군은 여진어와 몽골어에 능했고 왜와 위구르의 말로도 간단한 대화를 할 정도였습니다. 대장군은 그들을 친아우처럼 대했습니다. 자신의 휘하에 들어오기까지 고향도 사연도 제각각이지만 군법에 의거하여 공평하게 대했지요. 고충을 충분히 들을 뿐만 아니라 그들을 통해 변화하는 세상의 흐름을 읽었습니다. 고려 조정에서는 대장군을 변방의 시골 장수로 폄하하였으나 그는 누구보다도 중원과 요동의 변화에 밝았습니다.

대장군의 장졸들은 대장군을 존경하는 마음만 같고 나머지는 정말 제각각이었습니다. 간혹 다툼도 있었지만 대장군은 그들을 모두 가족으로 너그러이 품었습니다. 장졸들은 자급자족을 원칙으로 했지요. 변방의 장졸들, 특히 그 출신이 불분명한 귀화인들까지 먹여 살릴 만큼 나라의 재정이 넉넉진 않았습니다. 솔직히 그들에게는 고려인이 되었다는 기쁨이나 고려란 나라를 위해 전쟁터로 나선다는 생각이 거의 없었습니다. 대장군 역시 왕성으로 와서 입궁하여 벼슬을 얻고 광흥창(廣興倉)*에서 녹봉을 받기 전까지는 그들과 다르지 않았겠지요. 누가 더 부자고 누가 더 가난한가. 누가 더 귀하고 누가 더 천한가. 누가 더 유식하고 누가 더 무식한가. 누가 고향 사람이고 누가 타향 사람인가. 누가 고려인이고 누가 외국인인가. 대장군은 이 나

* 고려 시대 백관의 녹봉을 관리하던 관서.

라를 사분오열시킨 숱한 물음들로부터 자유로웠습니다. 그는 종종 우리에게 정말 궁금해서 견딜 수 없다는 표정으로 이렇게 질문하지 않았습니까.

"꼭 그렇게 살 수밖에 없는 게요?"

대장군은 우리가 상식처럼 정한 기준과 나눔으로부터 자유롭습니다. 그런 물음들을 주고받지 않더라도 충분히 멋지게 사는 법을 알고 또 살아왔고 살고 있으며 살아갈 사람인 겁니다. 조정의 으뜸 벼슬보다도 그를 따르는 기병들과 한바탕 내달리는 개마고원의 서늘한 가을 오후가 소중하다고 여깁니다.

대장군은 태어난 나라의 차이도, 언어의 차이도, 먹고 입고 잠자는 것의 차이도 아무렇지도 않게 보아 넘기는, 그 차이들이 뒤섞인 곳에서 왔습니다. 그렇지만 동북면의 방식만을 고집하진 않았지요. 명민하게도 대장군은 왕성으로부터 만들어진 세상도 곧 이해하고 받아들였습니다. 왕성과 변방의 질서를 모두 아우르는 이는 지금도 오직 대장군밖에 없지요.

왕실에서 그 누가 왕위를 잇는다고 해도, 그들은 이미 굳어져 낡고 썩어 가는 옛 관습에 집착할 겁니다. 원나라의 습속에 익숙해져서 명나라에 사신을 보내는 일조차 막으려 들었지 않습니까. 우리가 준비해 온 법과 제도를 그들은 가장 마지막에야 마지못해 받아들일 겁니다. 그 후에도 조금만 틈이 보이면 과거를 추억하며 그 안에서 둥지를 틀고 눈과 귀를 가리겠지요. 다름도 새로움도 거부감 없이 먼저 인정하고 손 내밀 이가 우리에겐 절실히 필요합니다. 대장군뿐입니다.

무진년 위화도에서 회군힐 때, 대장군은 세상에서 가장 느린 행군을 선보였습니다. 원정군이 압록강을 건너가지 않고 말 머리를 돌렸다는 소식이 왕성에 닿으면, 최영이 장졸을 모아 응전할 것은 너무나도 당연했습니다. 시간을 단축해서 하루라도 빨리 왕성으로 내달리는 것이 유리하다는 사실을 대장군도 잘 알고 있었지요. 그러나 대장군은 앞으로의 일을 천명에 맡기고 느림을 택했습니다. 위화도에서 왕성까지 천천히 움직이면서, 회군할 수밖에 없는 이유를 백성에게 널리 알렸지요. 최영 편에 붙어 싸움을 거는 장졸이 나타나도 급히 섬멸하지 않고 긴 서찰을 띄우고 사람을 보내 설득했습니다. 그리고 밤이면 군영 회의에서 안타까운 심정을 토로했지요.

"최영 장군을 죽이고 싶지 않다. 살릴 방법은 없는가?"

이윽고 왕성을 통과하여 이궁인 화원(花園)에서 최영을 포박하자, 많은 이들이 즉결 처형을 원했습니다. 그러나 대장군은 최영과 마주 서서 굵은 눈물을 쏟으며 안타까워하였지요. 젖은 목소리가 지금도 귀에 쟁쟁합니다.

"이 일은 정말 제 본심에서 우러나온 것이 아닙니다. 하지만 압록강을 건너 요동을 치는 것은 대의(大義)에 어긋나고 나라를 위태롭게 만들며 백성을 괴롭힐 뿐입니다. 그 원망이 하늘에 닿았기 때문에 어쩔 수 없이 말 머리를 되돌려 왔습니다. 부디 편히 가십시오."

그리고 최영을 왕성에서 멀지 않은 고봉현*으로 귀양을 보내 시간을 벌었지요. 더 이상 미루지 못하고 최영의 처형을 결정한 밤 대장군은 홀로 대취하였습니다. 제 손을 꼭 쥐곤 한탄하더군요.

"사람이 할 노릇이 아니오. 최영 장군은 상과 벌로 다스릴 분이 아니지 않소? 나는 왕성을 떠나 동북면으로 돌아가겠소. 군영에서 나라를 지키는 일이 내게 적격이라오. 돌아갈 방도를 마련해 주오."

노자(老子)의 오천 마디**에 젖지 않고도, 대장군만큼 삶의 허무를 정직하게 토로하는 이는 드뭅니다. 전투에서 대승을 거두거나 위화도회군에 성공하거나 또는 시중이 되어 조정의 중론을 장악한 후, 범부라면 이런저런 이유를

---

* 경기도 고양시.
** 『도덕경』을 가리킨다.

대며 행복한 순간의 필연을 설명하려 들겠지요. 그러나 대장군은 끝을 모르는 허무를 밝히는 경우가 잦았고, 그 때문에 축하 인사를 건네는 이들을 무색하게 만들기도 했습니다. 무학을 비롯한 승려들과 문답을 주고받는 것도 이 때문이겠지요. 형님도 그렇고 저도 그렇고, 깊이 절망한 자는 누구나 한두 번은 석가의 말을 들춰 보게 됩니다. 돌이켜 보자면 도연명도 승려 혜원을 벗으로 삼았고 당나라의 문장가 한유 또한 승려 문창과 우정을 나눴습니다. 그러나 곧 거기를 헤쳐 나와 자신이 서 있는 자리와 그 의미를 공맹에 기대어 따지게 되지요.

대장군이 장수들 중에서 공맹의 말씀을 가장 존중하며, 군중에서도 휴식하는 동안 경전과 역사를 토론하길 즐겼고, 밤에는 홀로 서책과 씨름하였음을 형님도 아실 겁니다. 형님과 제게도 틈만 나면 특정 시기, 특정 인물을 놓고 이야기를 나누자고 먼저 청하였으니까요. 우리가 설명을 시작하면 대장군은 처음 듣는 아이의 얼굴로 집중합니다. 벌써 듣거나 읽어서 아는 대목일 때도 대장군의 진지한 표정은 바뀌지 않습니다. 대장군은 형님이나 제가 마음껏 이야기하도록 둡니다. 그렇게 한낮이 지나거나 밤이 깊고 나면, 대장군은 학동처럼 깍듯하게 인사를 하지요.

"많은 걸 배웠소. 감사하오."

형님과 제가 오랫동안 고민하며 정돈해 왔던, 재상 중심의 새로운 법과 제도를 대장군에게 설명한 밤을 기억하시지요. 금상이 즉위한 직후였습니다. 그 밤에도 대장군은 제가 건넨 여러 가지 도표들을 뚫어져라 살피면서 설명을 끝까지 들었습니다. 그리고 단번에 핵심을 짚더군요.

"이런 체계라면, 용상의 주인이 너무 힘들겠소."

처음엔 그 말을 오해했지요. 재상을 비롯한 신하들에게 너무 많은 권한을 넘기기 때문에 왕 노릇 하기 힘들다는 정도로. 그러나 대장군은 제가 생각하는 틀을 훌쩍 뛰어넘었습니다.

"왕이 재상을 뽑고 그 재상이 정치를 관장하는 방식, 맞지요? 지금껏 이 나라에서 내관을 따로 두어 왕이 정치를 마음대로 주물러 대던 폐단을 막자는 뜻이 강해 보이오. 한데 누가 그 재상의 자리에 적임자인지 가리는 일보다 어려운 건 없을 듯하오. 나처럼 지인지감이 없는 사람은 특히 지옥에 간 느낌이 들겠구려. 공자와 맹자가 제 발로 찾아와도 됨됨이를 몰라 놓친 왕들이 얼마나 많소이까."

이 순간 저는 확신했답니다, 재상을 뽑는 어려움을 먼저 헤아릴 정도라면, 그렇게 선발된 재상이 정치를 펴 나가도록 후원하면서도 나서지 않는 왕의 역할을 대장군보다 더 잘할 이는 없다는 것을. 그리고 저는 그 마음을 곧 드러냈습니다.

"지금 용상의 주인이 되는 이는 어려움을 겪지 않을 겁니다."

"그 이유가 무엇인지 물어도 되겠소?"

"재상을 맡으면 제대로 해낼 인물이 둘이나 있기 때문이지요. 그러니까 재상을 할 만한 이를 돌아다니며 찾지 않아도 된다는 겁니다."

"그렇소?"

"우선 포은이 재상을 맡으면 됩니다."

대장군이 고개를 끄덕였다.

"맞소. 누구도 그 실력과 인품을 의심하지 않을 터. 그다음은 누구요?"

대장군이 입귀에 웃음을 띠며 짓궂게 물었습니다.

"제가 포은보다 더 오래 산다면, 포은이 오래오래 재상을 한 후 물러나고 남는 짧은 기간을 채울 수 있을 듯도 합니다."

"그 또한 옳소. 포은에 버금갈 이는 삼봉 그대뿐이지."

"그러니 장군! 용상의 주인이 되십시오."

잠시 생각한 후 대장군이 답했습니다.

"새로운 왕을 옹립하고 1년도 지나지 않았소이다. 여러 가지 개혁안들이 속속 제시되어 실행하는 국면이 아니오? 지금 내가 왕이 되겠다고 나서면, 이 모든 노력이 이성계를 왕으로 만들려고 벌인 짓이라는 비난을 면할 길이 없소. 삼봉! 나는 정말 용상의 주인 같은 건 욕심나지 않소이다. 달려도 달려도 끝이 없는 백두산의 삼림이 그리울 뿐이오."

그리고 또 시간이 흘렀습니다. 솔직히 저는 대장군이 말은 저렇게 하지만 결국 용상에 앉을 시기를 고르는 것이 아닐까 생각해 왔습니다. 신중에 신중을 기하여, 이 나라 태조가 신라 마지막 경순왕으로부터 선물받듯 나라를 넘겨받으려는 자세라고. 그래서 저도 최대한 느긋하게 시절을 관망하면서, 조준을 비롯한 동지들의 서두르려는 마음을 다독였지요. 그런데 정치를 멀리하고 사냥과 독서로 소일하는 요즈음 일상을 본다면, 게다가 낙마까지 하여 칭병이 칭병이 아닌 상황에 이르렀기 때문에 더 이상 늦출 일이 아니라는 판단이 듭니다. 이대로 대장군이 물러난다면 그 후 밀어닥칠 극심한 혼란은 상상만 하여도 끔찍합니다. 금상처럼 재수가 좋아 용상에 오른 자가 또 무슨 잔꾀를 써서 혁명의 의미를 퇴색시킬지 모릅니다.

포은 형님!

왕씨냐 이씨냐, 이 물음은 거짓입니다. 지금 우리에겐, 우리의 오랜 꿈을 함께 이룰 이는 이성계 대장군뿐입니다.

앞장서서 용단을 내리던 형님이셨습니다. 대장군의 그릇을 가장 먼저 발견하고 또 제게 추천한 이도 형님이시고요. 예전처럼 두 분이 나란히 앞장을 서시면, 이 아우 기쁜 마음으로 따르겠습니다.

3년 전 이 판서 집에서 함께 대취하여 곱사등이처럼 비틀대다가 귀가하지 못한 봄을 기억하십니까. 눈〔雪〕 같은 살구꽃, 실 같은 버들가지가 가득한 정원이 참 넓고 깊었지요. 크고 작은 나무들이 만드는 그늘이 어떤 놈은 코끼리 같고 어떤 놈은 다람쥐 같았습니다. 구름 사이를 오가던 해가 사라진 뒤 봄비가 부슬부슬 내렸고요. 그 비에 맞아 떨어진 꽃들이 붉었습니다. 얼굴만큼이나 손가락이 고운 기녀가 비파를 타고 처마에서 떨어지는 빗줄기를 닮은 목소리로 노래하였지요. 술 한 잔에 이야기 한 마디, 이야기 한 마디에 술 한 잔이 주거니 받거니 이어졌지요. 해마다 첫 봄비 오는 날 모이자 약속했지만, 봄은 어김없이 오고 비는 또 우리의 그늘을 적셨지만, 뒤이어 황매우(黃梅雨)* 무거운 여름이 지나도 다시 형님을 모시고 시름을 잊지는 못하였습니다. 내년 봄에는 꼭 이 아우가 천일주(千日酒) 한 동이를 마련하겠습니다. 빚은 후 천 일을 묵힌 다음

---

* 매실이 익어 가는 4월과 5월에 내리는 비. 장마를 가리키기도 한다.

에야 참맛이 우러나며 마신 후 천 일 동안 깨지 않는다는 술이지요. 용을 따르는 구름처럼 범을 따르는 바람처럼 오십시오. 모자에 꽂은 꽃잎 금 술잔에 떨어질 때까지 대취하며 즐길 봄이 우리에게 얼마나 더 남았겠습니까. 돈 생기면 술을 사야지요. 다시 무엇을 의심하겠습니까. 술 있으면 꽃을 찾아 헤매야지요. 어찌 걸음을 더디 하겠습니까.

감히 형님께 맹자의 말씀 하나를 제 식대로 풀어 드리고 긴 글을 마치고자 합니다. 형님께서 즐겨 제게 경계하며 들려주신 대목이기도 하지요. 세상에는 네 가지 종류의 인간이 있습니다. 하나는 군주를 섬기는 자입니다. 이들은 군주의 뜻을 살피고 맞추는 데 급급한 위인이지요. 둘째는 국가의 사직을 평온하게 만들고자 노력하는 자입니다. 이들은 사직만 편안하면 세상의 모든 근심이 사라졌다며 기뻐하는 위인이지요. 셋째는 천하를 염려하는 천민(天民)입니다. 이들은 천하를 좌지우지할 조건을 얻었다는 확신이 들어야지만 세상으로 나아와서 일을 도모하는 위인입니다. 셋 다 그럴듯합니다. 하지만 군주도 사직도 천하를 평정하는 일까지도 우리 삶의 목표는 아닙니다. 마지막은 대인(大人)이지요. 자신을 바르게 함으로써 세상의 모든 사물이 바르게 되는 그런 위인입니다. 공자와 맹자께서 가셨고 또 우리가 목숨을 걸고 따르고자 하는 바로 그 길이지요. 사군이충(事君以忠)의 좁은 틀에서 벗어나 대인의 길을 함께 걸읍시다.

눈 내리는 새벽 함께 강을 건넜으니 꽃잎 날리는 저녁에도 같이 역(驛)에 닿아야지요.

13장

너

◉ 3월 경술일*

◎ 대장군 이성계가 계속 해주에 머물렀다.

아무도 만나지 않았다. 가벼운 복통 때문에 금식하고 『화엄경』을 읽었다. 『강목(綱目)』과 『연의(衍義)』에서 유후(留侯, 장량)와 무후(武侯, 제갈량)를 비교하였다.

◎ 왕이 왕성에 머물렀다.

정몽주에게 명나라 풍물에 관하여 하문하였다. 정몽주가 막힘없이 거리의 기와 조각에서부터 궁궐의 거대하고 화려한 대문까지 설명했다. 왕이 한탄했다.

"어려서부터 과인의 소원은 천하를 주유하는 것이었소.

---

* 1392년 3월 29일.

명나라와 왜국을 두루 다닌 경이 부럽소이다. 하루라도 빨리 세자에게 양위하고 떠나고픈 심정이라오."

"양위라니요. 천부당만부당하신 말씀이시옵니다. 전하께서 즉위하신 후 법과 제도가 정비되고 나라의 기강이 바로잡히고 있사옵니다. 원나라에게 당한 굴욕도 말끔히 씻었사옵고, 왜구의 노략질도 현저하게 그 수가 줄었사옵니다. 태평성대의 성군이 되실 것이옵니다."

"그게 어디 과인의 공이겠소. 용맹하고 경험이 풍부한 대장군이 방비를 튼튼히 하고, 해박하며 인덕이 넘치는 경이 문물제도를 정비한 공이라오. 과인은 그저 두 기둥이 이 나라를 어찌 변모시키는가를 감탄하며 구경하였소."

"몸 둘 바를 모르겠사옵니다. 대장군이나 신은 어명을 받들고자 노력하였을 뿐이옵니다."

"대장군과 경이 아니었다면, 과인이 이 자리에 오르지 못했을 것이오. 3년 전 그대들의 부름을 받기 전까진 단 한 번도 용상의 주인이 되리라 상상한 적이 없다오. 감사하며 3년을 보냈소. 한데 오늘은 문득 이런 생각이 드오. 경들이 과인을 왕궁으로 불러들이지 않았더라면, 과인은 경이 들려준 그 중원의 기기묘묘한 산천과 성곽 그리고 사람들을 벌써 구경하고 또 다른 경계를 넘어 낯선 길을 가고 있을지도 모른다고 말이오. 그와 같은 삶도 나쁘지만은 않소.

아니 오히려 왕궁에 갇혀 하루하루를 보내야만 하는 지금 신세보다 적어도 열 배는 나을 게요.”

“전하! 심려 끼쳐 드려 송구하옵니다. 언제든 하문하고 하교하셔서 신의 어리석음을 깨우쳐 주시옵소서.”

“고려 최고 학자의 어리석음을 깨우치라? 모처럼 웃어 보는구려. 도당의 대신들이 경과 같다면 과인이 무슨 걱정이겠소.”

“대장군 역시 충직한 전하의 장수이옵니다.”

“대장군을 의심하진 않소. 허나 그를 도와 위화도까지 나아갔던 무장들이나 장자방입네 어쩝네 하며 오직 그의 마음에 들 궁리만 하는 문신들을 보면 답답하구려.”

“사리사욕을 일삼는 자들에겐 중벌을 내리시옵소서.”

“관둡시다. 과인의 몫이 아닌 자리를 탐한 과인의 업보인 게요.”

“그 누구도 어명을 거역할 순 없사옵니다. 어심을 편히 하시옵소서.”

“방금 한 이야기는 잊어 주오. 지금 이 나라의 주인이 누구인가는 왕성의 어린아이들도 아는 일이라오. 대장군을 칭송하는 노래가 입에서 입으로 널리 퍼지고 있다던데, 경은 들은 적이 있소?”

“요망한 노래일 뿐이옵니다. 목숨을 걸고 전하를 보필하고자 하는 신하들이 조정에 가득하옵니다. 그들을 믿으시옵소서. 곧 좋은 소식이 있을 것이옵니다."

"솔직히 말해 주오. 대장군이 왕이 되는 편이 낫다고 도당에서 건의한다면 과인은 기꺼이 그대들 뜻에 따르겠소."

정몽주가 목소리를 높였다.

"결단코 그와 같은 건의는 없을 것이옵니다. 이 나라는 전하의 나라이옵니다. 대장군은 전하의 신하이옵니다."

왕이 용기를 얻은 듯 말했다.

"과인은 비록 여러 공신의 도움으로 이 자리에 앉게 되었으나 꼭두각시로 살다 죽긴 싫소. 대장군을 따르는 대신들의 반대에도 불구하고 군선을 직접 보러 간다거나 한산부원군을 다시 부른 것 역시 과인의 뜻을 만백성에게 전하기 위함이었소. 하지만 왕성은 물론이고 시골 마을에 있는 병졸들까지 대장군의 명을 따르지 않는 자가 없지 않소?"

정몽주가 장수들의 이름을 열거했다.

"정중부, 이의민, 경대승, 최충헌 등을 아시옵니까?"

"정변을 일으켜 권력을 잡은 무장들이 아니오? 왕명을 우습게 알고 용상의 주인을 마음대로 바꾸기도 했던, 패악한 자들."

"맞습니다. 그들은 권력을 차지하긴 했으나 용상에 오르진 못했사옵니다. 그 이유가 무엇이라고 보시옵니까?"

"가르침을 주시오."

"권력만 잡았다고 왕위를 차지할 순 없습니다. 이 나라 백성이 수백 년 동안 떠받든 왕실이 아니옵니까? 역성(易姓)으로 왕이 된다는 것은 백성의 마음이 모두 돌아섰을 때라야 가능하옵니다. 왕성에서 변란을 일으켜 왕을 죽이고 궁궐을 차지하는 식으론 천하를 얻지 못하옵니다. 무식한 저들도 이와 같은 이치를 알았사온데, 대장군은 그들보다 훨씬 진중하고 경전과 역사에 관한 배움도 깊사옵니다. 왕이 되기 위해선 열 배 혹은 백 배 더 재물과 사람을 모으고 밤낮 없이 진력해야 합니다만, 대장군은 적당한 시기를 택해 동북면으로 돌아가겠다는 고집을 꺾지 않고 있사옵니다. 작년 3월에는 사직을 청한 글을 올리고는 평주(平州, 황해도 평산) 온천으로 떠나기까지 하였사옵니다. 그 글 중 이런 대목이 기억나옵니다. '한나라 고조의 공신인 한신과 주발의 비참한 최후에 비하자면 몸을 숨겨 자신을 보존한 장량이 훨씬 낫고, 광무제의 공신인 구순과 등우도 은둔을 선택한 자릉의 고상한 뜻에 미치지 못하는 바가 있사옵니다. 제가 비록 배운 것은 없사오나 장량과 자릉을 본받고자 하오니, 부디 전하께서는 숨어 살고자 하는 저의 뜻을 광무제처럼 허락하여 주옵소서.'"

"기억나오. 평주로 궁온(宮醞)*을 내려 보냈었지. 그래도 주위에서 계속 추대하는 분위기가 있지 않소?"

"권력자 곁에는 간신배들이 들끓기 마련이옵니다. 하지만 대장군은 세자 저하를 마중 가던 그날까지도 신에게 이번 일만 마치고 나면 함주로 몇 달 가서 쉬고 싶단 뜻을 피력하였사옵니다. 또한 전하께서 몸소 궁을 나와 자신의 집에 머물며 술과 음식을 함께 즐긴 일에 감읍하고 있었사옵니다. 대장군은 세상의 주인이 된 명나라와 평화로운 관계를 유지하고, 백성을 괴롭히는 관리들을 잡아 가두어 벌하고, 이 나라를 더욱 강하고 부유하게 만들기 위해 법과 제도를 새로 만드는 일에 동의하였사옵니다. 그 첫 마음은 아직까지 변함이 없사옵니다. 그러니 다시는 대장군에게 왕위를 넘기겠다는 말씀 마시옵소서."

"고맙소. 경이 없었다면 과인은 벌써 이 자리를 내려왔을 것이오. 경의 충고가 없었다면 대장군의 집을 방문하지도 않았을 것이고 또 여러 논쟁들을 슬기롭게 해결하지도 못했을 것이오. 앞으로도 경만 믿겠소."

왕이 눈물을 내비쳤다. 정몽주가 위로했다.

"염려 마시오소서. 신이 목숨을 걸고 전하를 지키겠사옵

---

* 왕이 하사하는 술.

니다."

◎ 정몽주가 방방곡곡에서 도착한 사사로운 글과 선물들을 살폈다. 답신은 되도록 짧게 썼고 예의를 벗어나는 선물은 돌려보냈다.

이숭인과 김진양이 자남산 계곡에서 만나 상소문에 대해 의논하였다.

이숭인은 어지럼증을 다스리느라 약속 시간보다 늦게 지팡이를 짚고 비틀비틀 왔다. 김진양이 놀리듯 물었다.

"용이 되어 떠났다던 지팡이, 약유장(若有杖)이 돌아왔는가?"

"이무기인 놈으로 따로 하나 장만했네."

"이번엔 꼭 붙들고 다니시게나. 고개 들어 시를 읊거나 술에 취해 좌우를 구분 못할 때 쓰러진 자넬 버려두고 또 승천할지도 모르니 말이야."

짧게 웃었다. 김진양이 이어 말했다.

"부디 건강을 챙기시게. 정 시중도 말씀하셨지만, 자넨 목은 선생을 계승하여 밤하늘의 별처럼 빛나는 시문을 지어야 한다네."

"비재(非才)일세."

이숭인은 김진양이 건넨 상소문 초고를 읽은 후 걱정하며 말했다.

"정도전, 조준에 남은, 윤소종까지, 대장군의 손발을 모두 잘라 낸다면 후일을 어찌 감당하려고 이러는가?"

"꾹꾹 눌러 참은 걸세. 대장군을 용상의 주인으로 앉히려고 모의를 하고 있다는 건 뺐어. 일단 나라법을 무시하고 언행을 함부로 한 죄로 잡아들인 후 엄히 문초할 계획이네. 용상의 주인을 바꾸려 했다는 자백을 받아 내면 대역죄로 다스릴 수 있겠지."

"칼날은 결국 대장군을 향하게 돼."

"부상이 깊다고 하네. 세자 저하를 호위하여 왕성으로 돌아오지도 못했으이. 해주에 꼼짝달싹 못한 채 머무르고 있지 않은가."

"목숨이 다하진 않았어."

"자네 말대로, 대장군이 왕성에 머물며 강건하다면 어찌 그를 따르는 신하들을 내칠 계획을 짜겠는가. 마상 무예의 달인인 대장군이 낙마했다는 것 자체가 하늘이 우리에게 기회를 주신 거라네. 대장군이 명장인 건 맞지만 대신들의 도움 없이 무엇을 할 수 있겠는가."

"정 시중도 아는가?"

"물론이라네. 오늘 밤에 한 번 더 다듬은 뒤 내일 정 시중께 보여 드릴 거라네."

이숭인이 다시 확인했다.

"정 시중이 이토록 무모한 일을 허락했다고?"

김진양이 이숭인을 노리며 말했다.

"지금 결단해야 해. 고려를 지킬 것인지 아니면 대장군 이성계가 용상의 주인이 되는 것을 받아들일 것인지. 수수방관하면 고려는 망할 테고 새 왕조가 열리겠지. 그리고 자네를 괴롭혔던 정도전과 그 무리가 조정을 장악할 거야. 그런 날이 오면 자넨 무사할까? 명나라에 올리는 표문을 쓰는 데만 진력하였다고 하면 내버려 둘 것 같은가? 경오년(1390년, 공양왕 2년) 윤이와 이초의 일을 잊은 건 아니겠지? 윤이와 이초가 명나라에 가서 무엇이라고 하였는가? 대장군이 명나라를 공격하려 하는데, 이를 반대한 이색 등 열 명을 죽이고 우현보 등 아홉 명을 유배 보냈다고 거짓으로 아뢰지 않았는가. 대장군의 뜻에 반대하여 목숨을 잃은 대신의 명단에 자네 이름도 올라 있었다네."

"그건 윤이와 이초가 멋대로 꾸며 낸 거야."

"나도 아네. 하지만 그 명단은 곧 정도전의 무리가 제거하고자 하는 사람들로 채워진 꼴이야. 목은 선생을 시작으로 우현보, 이림, 우인열, 정지, 권근 등과 함께 자네도 포함되었지. 그들은 모두 옥에 갇혔는데, 정 시중은 명단에서 빠졌단 걸 상기시키고 싶군. 정 시중과는 함께 갈 수 있지만, 이숭인 자네는 잘라 내겠단 뜻이라고. 그때부터 겨우 2년이 지났을 뿐일세. 그 명단이 크게 달라졌을 것이라고 보진 않네만.”

“자네 말대로 그때 옥에 갇혀 문초를 당했네. 무고로 밝혀져 용서도 받았고. 이제 다 지난 일이야.”

“정도전은 그리 생각하지 않을 거야. 더구나 자네가 명나라로 가는 표문을 맡아 쓰는 것이 여러모로 그들에겐 부담이겠지. 윤이와 이초의 사건은 황당한 무고였지만, 자네가 마음만 먹는다면 얼마든지 명나라에 대장군을 모함하는 글을 은밀히 올릴 수도 있으니까.”

“난 그런 짓 하지 않아. 어명에 따른 글만 쓴다네.”

“자네 진심을 정도전이 알아줄까? 중요한 건 자네의 진심이 아니라 자넬 바라보는 정도전의 입장일세. 자넨 목은 선생과 정 시중의 명을 충실히 따른다네. 게다가 명나라 황제도 칭찬할 정도로 뛰어난 솜씨를 지녔지. 정도전은 그 글이 칼날이 되어 대장군을 찌를 날을 미리 없애고 싶어 할 거야.”

“왜 이리 서두르는가?”

“소인은 이(利)를 행하기에 급급하고 군자는 의(義)를 행하기에 급급하다며, 국가의 치란(治亂)과 존망이 여기에 달렸다고 설명한 이는 자넬세."

그리고 잠시 뜸을 들인 후 권했다.

"가만히 있어도 죽을 운명이라면, 어떤가, 이 부족한 글을 활활 타오르는 불길로 만들어 정도전의 무리를 없앨 무기로 고쳐 주는 것이? 내가 쓴다고 썼네만 부족한 부분이 아직 많다네. 자네가 퇴고한다면, 아니 처음부터 다시 써 준다면, 전하께서도 크게 감동하셔서 당장 정도전의 무리를 잡아들이라 명하실 걸세. 같이 가세. 이미 자넨 정 시중 그리고 나를 비롯한 간관들과 한배를 탄 거야. 내릴 길은 없으이. 곤궁에 처하더라도 첫 마음 변치 않아야 유자(儒者)가 아니겠는가."

초고를 쥔 이숭인의 두 손이 풍(風) 든 늙은이처럼 떨렸다. 김진양의 손에 초고를 쥐여 준 뒤 서둘러 방을 나갔다.

반백 년 살며 마음에 머문 문장들을 꺼내 정리했다. 잡동사니로 가득 찬 고(庫)를 가지런히 청소한 기분이 든다. 오늘부터 찾아드는 문장은 강제로 등을 떠밀어서라도 날려 보내리라. 많이 지닐수록 어느새 많이 추한 나이다.

너는 어디서 시작할 것인가를 고민하지 마라. 끝낼 곳이 정해지면 첫발 디딜 곳은 저절로 보인다.

너는 가난하지 않다. 겨우 서른네 살이니까.

너는 말하는 것보다 다섯 배 더 써라. 쓰는 것보다 다섯 배 더 읽어라. 읽는 것보다 다섯 배 더 의(義)를 행하라. 너보다 민첩하게 다섯 배 더 행하는 자를 만나면 평생의 스승으로 모셔라.

너는 매일 문(文)을 즐겨라. 즐기는 지경에 이르기 위해 배우고 익히기를 게을리하지 마라. 일월성신은 하늘의 문이요, 산천초목은 땅의 문이요, 시서예악은 사람의 문이다.

너는 낮은 자를 만나면 더 낮게 거하고 높은 자를 만나면 더 높게 거하라. 너를 비웃는 자와는 같은 자리에 앉지 마라. 네 이야기를 듣기 전에 부모의 이름과 관직을 묻는 자와는 술잔을 기울이지 마라. 네 시문(詩文)을 보기 전에 학당과 스승 그리고 동학을 따지는 자 앞에선 종이를 씻을 따름이다.

너는 문(文)과 무(武)를 함께 공부해야 한다. 사람의 팔이 둘인 것처럼.

너는 언제나 백성의 편에 서라. 왕을 중심으로 역사를 쓰거나 읽지 마라. 왕은 다만 구중궁궐에 틀어박혀 옳다 그르다 결정만 내리고, 그 결정이 잘못되었을 때는 책임을 질 신하를 고르는 데만 급급한다. 백성이 왜구에, 돌림병에, 굶주림에 죽어 나가도 왕은 애석한 표정만 지으며 귀신들에게 도움을 바라는 연기나 피워 올린다. 도적을 물리쳤다면 백성이 한 일이다. 풍년을 이뤘다면 백성이 한 일이다. 궁궐을 짓고 성을 쌓았다면 백성이 한 일이다. 고행은 전부 백성이 하고 영광은 모두 왕이 누리니, 어느 백성이 그 왕을 자신들의 왕으로 떠받들겠는가.

너는 왕이 부르면 그 이유를 미리 살피고 꺼내 놓을 이야기와 왕이 던질 질문과 또 거기에 합당한 답을 고려하고 가라. 백성이 부르면 우선 가라. 고민은 천천히 해도 늦지 않다.

너는 학교를 열어라. 귀천을 따지지 말고 배우려는 백성을 가르쳐라. 또한 너는 백성에게 배우기를 게을리 말라.

네가 열을 가르치면 백성은 네게 백을 가르칠 것이다. 너는 배운 것을 적어 두고 되새겨라. 논리로 다듬는 짓은 하지 말라. 차라리 그들과 나눈 이야기를 그대로 옮겨 두라. 깨달음은 그들의 말 속에 있다.

너는 명심하라, 한 고조가 장자방을 쓴 것이 아니라 장자방이 한 고조를 썼음을.

너는 너의 머리를 믿지 말고 너의 가슴을 믿어라. 가슴으로도 부족하면 너의 손을 믿어라.

너는 만나고 겨루고 사랑하라.

너는 형벌을 정리하되 즐겨 쓰지 말라. 형벌로 다스리는 까닭은 형벌이 없어지기를 원하기 때문이다.

너는 유(儒)이면서 이(吏)다. 둘 중 하나를 버리면 나머지도 사라진다. 유란 무엇이냐. 도덕이 심신에 쌓인 사람이다. 이란 무엇이냐. 교화(敎化)를 베푸는 사람이다. 배우는 것과 벼슬하는 것은 다른 것이 아니다. 공자께서도 말씀하셨다. 공부하고 여력이 있으면 벼슬하고, 벼슬하고 여력이 있으면 공부한다.

너는 왕의 신하로 만족하지 말라. 너는 왕의 스승이 되어야 한다.

너는 함께 죽을 벗이 세 명 있는가? 있다면 멋진 삶이다. 두 명 있는가? 있다면 넉넉한 삶이다. 한 명 있는가? 있다면 헛되지 않은 삶이다.

너는 마음에 옥루(玉漏, 물시계)를 항상 품어라. 타인의 시간을 따르지 말고 네 옥루를 살펴 일하고 쉬어라.

너는 교(巧)하지 말고 차라리 졸(拙)하여라.

너는 나무의 이름을 많이 외우고 또 그 이름에 맞는 나무를 찾아 숲으로 가기를 게을리 말라.

너는 쌓는 중이다. 외로운가? 너는 쌓는 중이다. 슬픈가? 너는 쌓는 중이다. 아픈가? 너는 쌓는 중이다. 분노가 치미는가? 너는 쌓는 중이다. 바람을 쌓은 후에야 원하는 곳으로 날아갈 수 있다.

너는 제자리걸음을 익혀라. 나아가진 않지만 너는 여전히 걷고 있다.

너는 장수를 만나면 무(武)를 겨루고 서생을 만나면 문(文)을 다퉈라. 장수 앞에서 문을 뽐내고 서생 앞에서 무를 사랑하는 멍청이가 되지 말라.

너는 봉우리를 탐내지 말라. 봉우리에선 평지보다 더 먼 곳을 본다. 네 눈이 좋아서가 아니라 네가 선 곳이 봉우리인 탓이다. 사람들이 봉우리를 오를 때 너는 차라리 물을 따라 내려가라. 때로 무릎을 꿇고 허리를 숙여 흐르는 물에 입을 맞추고 목을 축여라. 그리고 깨달아라, 봉우리에 오르는 이들만큼 강가를 거니는 이들이 낯설다는 것을. 강가의 사람들은 먼 곳의 소식에 밝다. 네가 태어난 곳, 네가 걸어온 곳의 풍경을 훤히 읊어 댄다. 낮은 강가에선 발뒤꿈치를 들거나 두 발을 힘껏 차고 뛰어오르지 않는다. 신령스러운 기린이 목을 길게 뽑는다 한들 야트막한 언덕 너머도 보이지 않기 때문이다. 낮은 강가의 사람들은 강을 따라 오르내리는 배들이 전하는 말을 듣는다. 봉우리의 사람들은 눈이 크고 강가의 사람들은 귀가 길다.

너는 신나게 울어라. 사람들이 기뻐할 것이다. 너는 신나게 소곤거려라. 사람들이 귀 기울일 것이다. 너는 신나게 굶어라. 사람들이 음식을 가져다줄 것이다. 너는 신나게 걸어라. 사람들이 너에 관한 이야기를 그림자처럼 길 위에 붙일 것이다.

14장

궁선생전

● 3월 신해일*

◎ 대장군 이성계가 계속 해주에 머물렀다.

용수산에 호랑이가 나타났다. 보고를 받은 대장군은 알았다고만 답하였다. 대장군이 손수 만든 나무 공〔木毬〕을 닦았다. 배〔梨〕만 한 나무 공을 50보 밖에서 던지게 하고 박두(樸頭, 화살촉을 나무로 만든 화살)로 쏘아 맞히는 연습을 즐겼던 것이다. 활을 들진 않았다.

◎ 왕이 왕성에 머물렀다.

왕이 구정에서 활을 쏘았다. 스무 발 중에서 겨우 두 발이 과녁에 꽂혔다. 왕이 갑자기 신라의 노래 「처용가」를 듣

* 1392년 3월 30일.

고 싶다 하니 악공들이 연주하고 불렀다.

왕이 정몽주에게 물었다.

"이것이 신라의 곡조가 맞소?"

"예전 악보가 그대로 남아 있으니, 신라의 노랫가락이 분명하옵니다."

"참으로 성조가 비장하오."

"오래전 이숭인이 겨울밤에 이 노래를 듣고 시를 지었사온데, '떨어지는 달은 성(城) 머리에 가깝고, 슬픈 바람은 나뭇가지 끝에서 흐느낀다.(落月城頭近 悲風樹杪嘶)'라고 하였사옵니다."

"완려(婉麗)하구려. 느낌에 딱 맞는 풍광을 어찌 그리도 잘 만들까."

"명나라 조정에서도 칭찬이 자자하옵니다."

"고려의 노래 중에도 이처럼 슬픈 곡조가 있소?"

"의종 시절, 동래에서 귀양살이를 했던 정서(鄭敍)가 왕을 그리며 지은 「정과정(鄭瓜亭)」이 있사옵니다. 비파 곡조가 자못 애잔하여 마지막까지 듣기도 힘드옵니다. 굴원의 「이소경(離騷經)」이 자연스럽게 떠오를 정도이옵니다. 이노래에 대해서도 이숭인의 시가 있어 도움이 되옵니다."

"경도 거문고를 손수 만진다고 들었소만."

"부끄러운 솜씨이옵니다."

"거문고에 심취한 이유가 따로 있소?"

"천 마디 말보다 한 편의 시가 낫고 백 마디 행동보다 한 곡의 노래가 더 사람의 마음을 절절하게 흔들 때가 있사옵니다. 태고의 정을 들려주는 데는 거문고만 한 것이 없사옵니다."

"한가함을 벗할 때가 되면, 여름이 시작하기 전에 따로 청하도록 하겠소. 이숭인이 함께 와도 좋겠소. 오늘은 처용의 슬픔만으로도 무겁고 또 무겁구려."

왕이 말머리를 돌렸다.

"대장군의 활솜씨가 정말 그리 대단하오?"

정몽주가 답했다.

"정사년(1377년, 우왕 3년) 8월 해주까지 침입한 왜구와 전투가 벌어졌사옵니다. 그날 대장군은 대우전(大羽箭, 새의 깃털로 장식한 길이가 긴 화살) 스무 개를 지니고 있었는데, 그 중 열일곱 개를 쏴서 열일곱 명의 왜구를 죽였사옵니다."

"왜구를 모두 쏘아 맞혔다?"

"그냥 맞춘 것이 아니옵니다. 전투가 끝난 후 대장군은 제장들에게 자신이 왜구들의 왼쪽 눈만을 노려 화살을 쏘았다고 했사옵고, 시신 열일곱 구를 확인해 보니 과연 왼쪽 눈에만 화살이 박혀 있었사옵니다."

왕이 주위를 물리고 물었다.

"그 화살이 과인의 왼쪽 눈에 박힐까 두렵소."

"전하의 충직한 신하이옵니다."

"간관이 대신들의 죄를 논하는 글을 올릴 준비를 한다고 들었소만. 정 시중도 알고 있지요?"

정몽주가 답했다.

"그러하옵니다."

"그들의 왼쪽 눈에 화살이 박히지 않고 끝날 일이오? 논죄할 대신들 뒷배가 대장군이라고 또한 들었소만."

"간관은 옳고 그름을 면밀히 따져 힘껏 아뢸 뿐이지, 자신의 살고 죽음을 고려하지 않사옵니다."

"간관들이 정 시중을 스승처럼 따르지 않소? 이 일이 알려지면, 그대가 간관들을 시켜 부상 중인 대장군의 수족을 잘랐다는 소문이 돌 것이오."

"소문은 간관의 논죄에 참작할 사안이 아니옵니다. 어명의 지엄함을 대장군 역시 누구보다도 잘 아옵니다. 사사로운 친분으로 간관의 상소를 오해하진 않을 것이옵니다. 제갈공명이 울며 마속을 베어야만 했던 이유를, 대장군도 헤아릴 것이옵니다."

왕이 더욱 목소리를 낮췄다.

"논죄할 대신 중에 정도전이 끼어 있다고 들었소만."

"죄가 있다면 그 누구도 간관의 논죄에서 예외가 될 수 없사옵니다. 대장군도, 또한 신도."

"죄를 짓고 유배형에 처한 신하가 그보다 더 큰 죄를 지었다면, 아직 글을 보진 못하였으나 간관들이 극형에 처하란 청을 올릴지도 모르오. 정도전은 대장군에게 왼쪽 눈처럼 소중한 사람이 아니오?"

"예외는 없사옵니다."

정몽주는 끝까지 원칙에 머물렀다.

"대장군은?"

정몽주가 왕의 마음을 읽고 답했다.

"아직 소문일 뿐이옵니다."

"어떤 소문은 사실이 되기도 하지 않소? 정 시중이 해주로부터의 소식을 직접 챙겨 주시오."

"알겠사옵니다."

◎ 정몽주가 밤에 은밀히 김진양을 불러 상소문을 검토하였다.

김진양이 설명했다.

"말씀하신 대로, 대장군 이성계는 논죄하지 않고 오히려 금상을 즉위시킨 공이 크다고 강조하였습니다. 해주에서 이대로 죽는다면 만고의 충신이 되고도 남을 만큼."

"알겠네. 첨삭하여 내일 저녁에 줌세. 기다리게."

❖

체증이 점점 심해지는 바람에 새벽잠을 망쳤다. 지난밤 급히 먹은 음식도 없는데, 오장(五臟)이 불에 달군 쇠꼬챙이로 찌르듯 돌아가며 화끈거렸다. 동자가 아침상을 준비하는 대신 약손을 지녔다는 아랫마을 노파를 데리고 왔다. 여든 살은 족히 넘긴 듯, 허리는 굽었고 눈꺼풀은 검은 동자를 덮고도 남을 만큼 처졌으며 갈라진 입술에선 침이 흘렀다. 노파는 내 손목을 쥐곤 눈을 감았다. 옆에 앉은 동자가 끼어들어 자랑했다.

"약손으로 배를 쓰윽 문지르기만 해도 체한 게 거짓말처럼 내려갑니다."

노파는 이마와 뺨에 주름을 잔뜩 잡았다가 그냥 일어섰다. 나보다 동자가 먼저 노파의 팔을 잡고 물었다.

"고쳐 주고 가셔야지요?"

"아픈 데가 없는데 어딜 고쳐."

노파가 짜증을 부리며 손바닥으로 침을 훔쳤다. 나는 꾀병이 아님을 강조했다.

"옆구리부터 배꼽까지 안 아픈 데가 없소."

"몸은 멀쩡합니다."

"아프다니까요."

"마음이 꽉 막힌 게지요."

마음. 어쩌면 그럴지도 모른다는 생각이 들었다. 대장군의 낙마 소식을 접한 후부터 계속 속이 편치 않았다. 노파를 배웅한 뒤 돌아온 동자가 이불을 걷으며 말했다.

"일어나세요."

"쉬어야겠다. 건드리지 마."

"일어나시라니까요."

"내버려 둬, 좀!"

다시 이불을 끌어당겨 뒤집어썼다. 동자는 나를 잠시 내려다보다가 밖으로 나갔다. 오후에 약속이 있으니 점심을 먹기 전까진 방바닥에 등을 대고 버틸 작정이었다. 그런데 꽤갱갱 꽹과리 소리가 요란하게 들려왔다. 약이 오른 동자가 나를 골리려는 철부지 짓이다. 이불을 덮은 채 참고 참고 또 참았다. 그러나 크고 빠르고 불규칙하게 울리는 꽹과리 소리는 견디기 어려웠다. 문을 열고 소리쳤다.

"조용히 해!"

내 말이 꽹과리에 묻혔을까. 아니면 일부러 무시하는 걸까. 동자는 마당을 빙빙 돌며 신나게 꽹과리를 쳐 댔다. 강약 조절도 능숙하고 엇박자에 추임새도 그럴듯했다. 마당으로 내려선 나는 동자의 손에서 꽹과리를 빼앗았다. 소리가 멈췄다. 화가 잔뜩 난 나를 보고도 동자는 입가의 웃음을 거두지 않았다. 나무로 만든 꽹과리 채를 건네며 권했다.

"쳐 보세요."

"뭐?"

"저한테 방금 빼앗은, 손에 들고 계신 그 꽹과리를 치시라고요."

나를 마당까지 불러낸, 놋쇠로 만든 둥근 악기를 내려다보았다.

"이걸 치라고?"

농악을 구경한 적은 있지만, 직접 꽹과리나 장구나 징이나 북 같은 악기를 만져 보진 않았다.

"내게 왜 이걸 치라고 하는 거야?"

"이 마을에선 마음이 꽉 막히면 모두 꽹과리를 쳐요. 꽤갱갱갱 꽤갱갱갱 꽹과리를 치고 나면 속이 뻥 뚫리거든요. 마음이 막히셨다니 이게 특효약이에요. 번개가 번뜩이듯 쳐 보세요, 어서요!"

"칠 줄 몰라."

"걸음마 하는 아기도 쳐요. 자루를 잡고 채로 때리면 된다고요. 쉬워요."

"배운 적 없다니까."

"연주를 하라는 게 아니에요. 그 속이 풀릴 때까지 쳐요, 그냥!"

"싫다!"

"맘대로 하세요, 그럼!"

동자가 내 손에 채를 쥐여 주곤 나가 버렸다. 마당에 덩그러니 나만 남았다. 꽹과리와 채를 눈높이까지 들었다. 특효약이라고?

채로 가볍게 슬쩍 쳐 보았다.

꽹!

생각보다 소리가 클 뿐만 아니라 양손이 묵직하게 울렸다. 꽤갱! 이번에는 좀 더 힘껏 채를 휘둘렀다. 연이어 꽤갱 꽤갱갱! 소리를 이어 갔다. 서툴고 엉성하지만 소리를 잇는 맛이 있었다. 걸음을 떼며 꽹 마당을 돌며 꽤개개갱 꽹과리를 치고 또 쳤다.

점심을 맛있게 먹었다. 체증이 사라졌다.

한낮에는 철탄산(鐵呑山)에 올라 활을 쏘았다. 사냥을 나온 이들을 만나 반나절을 어울려 겨루었다. 아홉 번 이기고 한 번 졌다. 열 번 모두 이길 수도 있었지만 완전한 승리는 완전한 패배만큼이나 길(吉)하지 않다. 활발한 시냇물에 탁족을 한 채 숲의 소리에 귀 기울였다. 천악(天樂)이 따로 없었다. 다들 시를 썼지만 나는 순임금의 음악인 소(韶)와 탕임금의 음악인 호(濩)를 상상하는 것만으로도 족했다.

그들은 문신인 내가 궁술에 능한 이유를 물었다. 활쏘기에 몰입하던 시절이 있었노라며 흑각궁을 들어 보였다. 함주에서 대장군을 처음 만나고 받은 선물이었다. 바람이 매서워 초가을부턴 시위를 당기기도 힘든 곳. 거기서 나는 대장군에게 활을 익혔다.

어둠이 깃든 후에도 취기가 가시지 않았다. 대장군이 마상에서 시위를 당기는 모습과 화살이 바람을 가르고 과녁에 박히는 소리가 또렷했다. 그대는 나의 활, 그대는 나의 화살, 운운하며 즐기던 시절에 끼적이다가 만 희작 한 편이 떠올랐다. 제목이 '궁선생전'이었는데, 지금 보니 가소롭기 그지없다. 끝을 다듬고 고치려 했으나 다시 쓰느니만 못하여 그냥 둔다.

궁성(弓聖)의 자(字)는 관중(貫中)이고 관향은 숙신(肅愼)이다. 키는 3척 5촌이며, 평생 함께 사냥터와 전장을 누빈 절친한 벗 호시(楛矢)의 키는 그보다 작은 1척 8촌이다. 태어날 때부터 얼굴뿐만 아니라 몸 전체가 붉었다. 어려서는 낙랑에서 단궁(檀弓)과 어울렸고 장성한 뒤엔 고구려로 옮겨 맥궁(貊弓)에게서 배웠다.

궁성은 어려서부터 서책을 멀리하고 사냥을 즐겼다. 짐승 울음만 들려도 말에 올라 산천을 누볐다. 화살을 날릴 때마다 호랑이를 비롯한 들짐승, 꿩을 비롯한 날짐승, 때로는 잉어를 비롯한 물고기까지 궁성의 솜씨를 칭송하며 쓰러졌다.

궁성이 고향인 숙신에 들렀다가 호시의 날렵함에 반하여 먼저 청하여 함께 술을 마시고 평생의 벗이 되었다. 궁성이 말하기를,

"광대싸리로 만든 호시는 다른 화살보다 열 배는 더 빠르고 강하지. 화살촉에 맹독을 바르면 어떤 적이라도 단숨에 저승길로 접어든다네. 언제나 큰 공을 세우고도 호시는 항상 내게 공을 돌리고 조용히 전통(箭筒)에 머무르니 이보다 겸손한 이가 어디 있으리."라고 하였다.

호시도 또한 말하기를,

"궁성은 그 힘이 천하제일이라네. 산뽕나무에 붙인 물소뿔은 평생을 내달린 평원과 쉼 없이 건너다닌 급류를 기억하지. 철갑을 두른 적군 앞에서도 궁성은 망설임 없이 시위를 당긴다네. 내가 무슨 공이 있겠는가. 궁성이 발견하고 추격하여 겨눈 곳으로 나는 다만 날아가서 박힐 뿐일세."라고 하였다.

마침 나라에 붉은 두건을 쓴 도적이 들끓자, 궁성은 호시와 함께 출전하였다. 백조 깃털로 장식한 화살[白羽箭]로 적장의 목을 꿰뚫어 이름을 얻었다. 왕이 궁성을 불러 그

재주를 선보이라 하니, 궁성이 정량궁, 예궁, 목궁, 철궁, 철태궁, 동개활 등과 겨뤄 모두 이겼다. 왕이 상을 더하여 숙신의 땅을 내리고 친척들만으로 따로 군대를 꾸리게 하여 궁성으로 대장을 삼고 왜구와 맞서게 하였다.

궁성은 2000여 친족과 벗들을 활터로 불러 모아 밤낮으로 겨루기를 멈추지 않았다. 활이 과녁에 맞을 때까지 들려오는 소리들로만 귀로 즐기며, 자신의 자(字)와 같은 결과가 나올 때만 작은 잔으로 술을 마셨다. 땅에 서서 활을 쏠 뿐만 아니라 나뭇가지에 앉아서도 흐르는 개천 속에서도 말 위에서도 활을 쏘고 또 쏘았다. 2000개의 화살이 하나의 과녁을 향해 동시에 날아가니 한 사람이 쏜 화살처럼 보였다.

마침내 궁성이 장졸을 이끌고 남쪽으로 진군하여 적과 맞섰다. 왜구는 장검을 휘두르며 달려왔으나 궁성이 날린 호시보다 빠를 수는 없었다. 대승을 거둔 궁성은 잔치를 열고 장졸을 쉬게 하였다. 궁성의 공이 커짐에 따라 상으로 내린 땅이 늘었지만, 궁성은 그 땅을 장졸에게 나눠 주고 자신은 오로지 숙신의 고향땅만 가졌다. 신출귀몰한 궁성의 솜씨를 두려워한 왜구들이 뱃머리를 돌리자 비로소 평화가 찾아들었다.

왕은 궁성을 불러 으뜸 벼슬을 내리고 조정을 맡기려 하였다. 천하가 궁성의 차지가 되었다며 뇌물을 건네는 이도 적지 않았다. 궁성이 왕에게 아뢰었다.

"신은 본디 시골에서 바람과 구름을 벗하며 지낸 촌부일 뿐입니다. 성은을 입어 대장군의 임무를 띠고 잠시 재주를 뽐내었으나, 신은 정치를 전혀 모르며 오직 활을 쏘아 짐승을 잡는 일과 적군을 괴멸시키는 일만 조금 알 따름입니다."

그리고 궁성은 밤을 틈타 호시와 함께 숙신으로 돌아갔다. 2000여 장졸도 궁성을 따랐다. 그 후로 궁성은 세 번 더 나라의 부름을 받고 도적을 섬멸하기 위해 출전하였다. 대승을 거둔 뒤 숙신으로 돌아가기를 벼락처럼 하였다. 궁성과 호시는 천수를 누리고 한날한시에 조용히 백두산으로 걸어 들어간 뒤 다시 나오지 않았다. 궁성의 활터 정자에는 이런 글씨가 아직 남아 있다. "책은 거짓을 주장해도 활은 거짓말을 하지 않는다."

사신(史臣)은 말한다.

"궁(弓)씨는 험하고 추운 땅에서 강건하게 살아온 사람들이다. 먹을 것은 적고 배운 바도 많지 않았으나 산천을 즐기고 어려운 이를 돕는 것을 천성으로 지녔다. 화살이 과녁에 꽂히지 못하면 활과 화살을 탓하지 말고 제 몸가짐을 살피라고 하였는데, 궁씨는 생사(生死)의 기로에서도 몸가짐이 흐트러진 적이 없다. 붓 하나가 1000개의 문장을 남기듯 궁시는 1000개의 이야기가 담긴 화살을 날렸다. 무장뿐만 아니라 문인에게도 귀감이 됨은 이 때문이다."

15장

소
멸

◉ 여름 4월 초하루 임자일*

◎ 대장군 이성계가 계속 해주에 머물렀다.

대장군이 무학에게 물었다.

"오래전부터 묻고 싶었던 것인데, 왜 대사의 호가 무학(無學)이오? 그토록 많이 읽고 많이 듣고 많이 보고 또 많이 느끼고자 노력하지 않소이까?"

"한낱 그림자일 뿐입니다. 버드나무 그림자와 소나무 그림자가 달을 따라 흐르려 해도, 밝은 달은 맑은 바람과 어울려 정자 난간에만 머물려고 하지요."

"어렵구려. 쉽게 풀어 주시오."

"나옹 대사께선 자기 집에 둔 보물도 찾아내기 어려운

---

* 1392년 4월 1일.

데 무엇하러 만 리 밖까지 가서 뛰어난 스승을 찾느냐고 하셨지요. 꼭 그 스승을 만나야만, 그 책을 읽어야만 배움을 얻는다는 헛된 열망에서 벗어나야 합니다."

"보우 대사와 나옹 대사는 모두 빼어난 시를 남겼고, 대사 또한 시를 즐기지 않소? 한데 달마 대사는 불립문자(不立文字) 직지인심(直指人心), 즉 문자를 세우지 않고 곧바로 마음을 가리켜 깨달음을 얻는다고 하지 않았소이까?"

"나옹 대사의 가르침을 하나 더 전할까 합니다. 지공 대사가 돌아가신 날에 나옹 대사께서 하신 말씀입니다."

"대사는 지공 대사의 가르침도 직접 받았다고 했소?"

"그렇습니다. 연경으로 가서 지공 대사와 나옹 대사를 함께 뵌 적이 있지요. 두 분과 마주 앉으니 말을 섞기도 전에 할 말을 다 한 듯 벅찼습니다. 하여튼 지공 대사가 돌아가신 날, 나옹 대사께서는 질문하셨습니다. '도착해도 온 곳 없으니 강물마다 보름달의 그림자가 내려앉은 듯하고, 떠나도 간 곳 없으니 온갖 세계에 맑은 허공의 형상이 흩어진 듯하구나. 말해 보라. 지공은 어디 있느냐?' 제자들의 답이 없자 향을 사르고 질문을 이으셨습니다. '보라! 한 조각 향 연기가 손을 따라 일어나지 않느냐?' 소승의 시는 그 향 연기와 같사옵니다."

"향 연기와 같다?"

"강에 비친 달을 생각해 보십시오. 그 달을 잡으려 아무리 애를 써도 결코 잡진 못합니다. 하지만 그 달이 또한 없는 것은 아니겠지요. 공허한 가운데 나타나 있는 것, 즉 인공(印空)을 읊는 것이 바로 시입니다."*

"인공음(印空吟)이라!"

"그렇습니다."

"더 고민해 보리다. 나 같은 장수에겐 보우, 나옹 두 분은 물론이고 무학 대사의 시도 너무 어렵소. 100편을 읽어도 하나를 겨우 알 듯 말 듯하오."

"염화일소(拈華一笑)를 만드는 시가 한 편이라도 있으면 그것으로 족합니다. 어느 시가 좋았습니까?"

"나옹 대사의 「철선자가 게송을 청하다(徹禪者求偈)」가 그래도 마음에 들었소. '모든 인연 다 버리고 철저히 공(空)이 되면/ 거닐거나 앉거나 눕거나 주인공이네./ 홀연 산을 뒤엎고 물을 쏟으면/ 칼나무의 칼산에도 통하는 길 있겠네.(放下諸緣徹底空 經行坐臥主人公 忽然倒嶽傾湫去 劍樹刀山有路通)"

무학이 그 시를 되새긴 뒤 물었다.

"많이 답답하십니까?"

---

* 이색, 「계월헌 인공음에 제(題)한다(題溪月軒印空吟)」에 자세하다. 계월헌은 무학의 호다. 『인공음』은 무학의 시집인데, 현재 전하지 않는다. 이색이 추천의 글을 쓸 정도로, 무학 역시 나옹처럼 시를 즐겨 쓴 것으로 추정된다.

"내가 정몽주나 정도전 또 다섯째 아들인 방원이보다도 서책을 읽지 않은 것은 분명하오. 하지만 그들이 등잔불 가까이 앉았을 때, 나는 활을 메고 칼을 든 채 말을 달렸소. 이런 나라를 만들자 저런 나라를 만들자, 그들은 눈만 뜨면 아침부터 밤까지 갖은 궁리를 하느라 바쁘오. 내게 찾아와서도 이렇게 하자 저렇게 하자 제안도 많고 설명도 길었소. 그렇게 많은 말을 들었고 또 그들이 쓴 많은 글을 읽었으되, 내 고민을 풀어 줄 글자는 단 한 글자도 얻지 못한 듯하오."

"그들과 의논하진 않으셨는지요?"

"몇 번이나 말을 했다오. 이 나라의 문제점들을 바꾸는 것이 매우 중요하다고 보지만, 그걸 내가 전부 맡아서 하긴 어려울 듯하다. 그대들이 최선의 방안을 찾아내어 처결해 주었으면 한다. 나는 이 정도에서 마무리 짓고 동북면으로 돌아가겠다. 무학 대사와 벗하며, 불경을 읽으면서 석가모니의 가르침을 배우고 싶다. 내 마음을 지혜의 말씀으로 수놓고 금물〔金泥〕을 들이고 싶다! 하지만 내 진심을 믿질 않소. 왕실과 조정 모두 내가 없으면 안 된다고 하오. 못마땅하거나 불쾌한 것이 있으면 솔직히 털어놓으라니. 나 혼자 귀머거리에 맹인이 되어 외딴섬에 갇힌 꼴이오. 대사! 장차 이 일을 어찌해야 하겠소? 나옹 대사의 시처럼,

모든 인연 다 버리고 대사를 따라서 출가라도 해야 비로소 길을 찾을 것 같소?"

"절벽에서 손을 놓아야 할 때가 오긴 올 겁니다. 하지만 지금은 아닙니다. 그날이 가까우면 소승이 미리 말씀을 드리겠습니다."

"그리해 주겠소? 고맙소, 대사!"

이성계가 수수께끼를 내듯 무학에게 물었다.

"정도전에게 들은 이야기라오. 당나라에선 사람 쓰는 법〔用人之法〕이 다섯 가지 있다 하오. 교양으로 재덕을 완성하고, 선거로 탁월한 이를 선발하고, 전주(銓注)로 적임자를 배치하고, 고과로 공과 과를 조사하고, 출척(黜陟)으로 징계와 권장을 보인다는 것이오. 각 법은 또한 세목이 있는데, 그중에서 전주의 세목이 눈길을 끌었소. 덕망과 식량(識量)이 있는 자는 재상에 올려야 하고, 지략과 위용이 넘치는 자는 장수가 적당하오. 과감하게 주장을 펴고 꺼리는 바가 없는 이는 대간(臺諫)이 어울릴 테지. 산술을 익혀 통달한 이에게 전곡(錢穀)을 맡기며 밝게 살피고, 공평하게 용서하는 이야말로 형관(刑官)에 앉혀야 하오. 그리고 정교하게 생각하고 정밀하며 민첩한 사람이라면 공장(工匠)을 주관할 만하오. 정도전에게는 재상이, 내게는 장수가 적당하다고 서로 확인한 후 웃으며 헤어졌었소. 한데 문득 다섯째 방원이는 이 중 어디에 어울릴까 생각하였다오. 모두 조금씩은 재주도 있고 관심도 있으나 바로 이것이다! 무릎 칠 대목은 없었소. 대사는 장차 그 아이가 어떤 일을 맡아야 한다고 보오?"

무학이 답했다.

"인생이란 만 개의 골짜기를 지나고 천 개의 바위를 넘어야 하기에 쉽게 말씀드리기 어렵습니다. 감히 예측해 보자면, 쓰임을 받기보다 쓰고자 하는 뜻이 더 큰 듯합니다."

그리고 이어 물었다.

"왜 왕성으로 서둘러 가시지 않으십니까? 다섯째 아드님뿐만 아니라 다른 가족들도 대장군이 돌아오시기만을 기다리고 계십니다."

이성계가 답했다.

"장수를 천직으로 알고 전쟁터를 누비며 지금까지 살아왔소. 한데 왕성의 내 집을 드나드는 이들은 내게 다른 일을 맡으라고 합니다. 내가 꼭 그 일을 해야만 하겠소?"

"하기 싫으십니까?"

"싫고 좋고의 문제가 아니란 건 나도 잘 아오. 하지만 속세에서 부러워하는 공(公), 경(卿), 대부(大夫) 같은 인작(人爵)보다 인의충신(仁義忠信)의 덕성과 선(善)을 즐거워하는 마음을 평생 닦는 천작(天爵)에 더 기우는구려. 부귀란 한

낡 헌 신발이며 인생 또한 흘러가는 빈 배가 아니겠소?"

"잡념이 많으시군요."

"나옹 대사의 「모기」란 시도 읽었소. 피를 너무 많이 빨아먹어 날지 못하는 바로 그 모기 말이오. 욕심이 지나치면 몸도 마음도 무거워지는 법이라오."

"바로 지금 대장군의 마음은 소승보다도 가볍습니다."

"작년 9월, 귀양 가는 정도전을 찾아가서 만났다오. 정도전은 자기보다 먼저 정 시중을 걱정하고 또 내게 부탁하였소."

"정 시중을 따르는 간관들에 의해 논핵된 것이 아닙니까?"

"자신이 왕성을 비우면 더 많은 무리가 나를 찾아와서 정 시중을 비난할 것이라고 했소. 정 시중을 따르는 무리는 또 더 자주 정 시중을 찾아가서 나를 비난할 테고. 무슨 일이 있더라도 정 시중만은 건드리지 말아 달라고 하였다오. 행여 정 시중과 관련하여 중대한 결정을 내릴 상황이 오면 자신에게 먼저 알려 의논해 달라고 하였소. 나는 그런 일은 없을 테니 안심하라 일렀다오. 한데 공교롭게도 바로 그날, 정도전과 헤어져 나오다가 거리에서 정 시중과 마주쳤다오. 정도전을 보러 가는 길이었소. 정 시중은 잠시 내게 할 말이 있다면서 인적이 드문 곳으로 갔소. 그리고 내게 따지고 들었다오."

"무엇을 따졌단 말입니까?"

"정도전의 뜨거움을 누구보다도 잘 알면서 왜 선봉에
세우고 험한 일을 맡겨 힘들게 하느냐는 것이었소. 조준이
든 남은이든 사람도 많을 텐데, 왜 구태여 정도전이냐고.
더 크게 다칠 것 같기에 잠시 원배를 보내는 것인즉 돌아
오면 나라의 법과 제도를 정비하는 일에 힘을 쏟도록 하자
고 제안하였소."

"목은 문하에서 함께 수학한 줄은 진작부터 알고 있었
습니다만, 멋진 우정이군요."

"그 둘은 내게도 각별한 벗이라오. 마음을 터놓고 하고
픈 이야기를 맘껏 하는 사이지. 두 사람이 없었다면 어찌
내가 위화도에서 말 머리를 돌리고 또 신우와 신창을 폐할
수 있었겠소? 만약에 내가 그 엄청난 일을 맡게 된다면 두
사람이 지금처럼 나를 벗으로 대할 수 있겠소?"

"대장군께선 그들을 변함없이 대하실 수 있으시겠습니
까?"

"나는 그리할 것이오."

"정도전과 정몽주는 그리하기 어려울 것입니다. 하지만
대장군을 위하는 마음은 변함없겠지요."

"지금처럼 셋이 이대로 영원히 지낼 방법은 정녕 없는

게요?"

"만나면 헤어지고 태어나면 죽는 법입니다. 변화를 두려 워하지 마십시오."

대장군이 슬퍼하며 술을 마시려 하였으나 무학이 막 았다.

이경(二更)에 이방원의 서찰이 도착했다. 대장군이 잠에서 깨어 그 서찰을 읽고 해주를 떠날 채비를 하라 명했다. 가는 비가 내렸다.

◎ 왕이 왕성에 머물렀다.

좌상시 김진양, 우상시 이확, 우사의 이래, 좌헌납 이감, 우헌납 권홍, 정언 유기 등이 연명으로 상소를 올려 대신들을 논핵하였다. 이 소에서 논죄당한 이는 삼사좌사 조준, 전 정당문학 정도전, 전 밀직부사 남은, 전 판서 윤소종, 전 판사 남재, 청주목사 조박 등이니, 모두 대장군을 따르는 신하들이었다. 김진양 등은 상소를 올린 후 따로 장정들을 보내 조준과 남은의 집을 포위하고 지켰다. 왕이 즉답하지 않고 정몽주를 불러 상소를 보여 주며 물었다.

"결국 간관들이 글을 올렸소. 조금 빠르지 않은가 하오만. 오늘로 뜻을 모은 것이오?"

"오늘 올릴 줄은 몰랐사옵니다."

"몰랐다?"

"부연과 첨삭할 문장을 검토하던 중이었사옵니다."

왕이 잠시 천장을 쳐다보고 한숨을 내쉰 뒤 물었다.

"해주에선 특별한 소식이 없소?"

"없사옵니다."

◎ 정몽주가 김진양을 불러 꾸짖었다.

"왜 내 허락도 없이 글을 올렸는가? 기다리라고 일렀거늘."

"죄송합니다. 하지만 저희도 기다릴 만큼 기다린 겁니다. 대장군이 죽기만을 기다리다가 기회를 놓치면 안 됩니다. 최소한 중태는 확실하지 않습니까? 더 이상 늦춰서는 안 된다고 판단하고 결행한 겁니다. 충정을 널리 이해하여 주십시오."

"글이 자못 저열하고 과장스럽더군."

"어떤 대목이 그러합니까? 새벽까지 열 번도 넘게 고친 문장입니다."

정몽주가 첫머리를 정확히 기억하여 읊었다.

"'정도전은 미천한 신분에서 높은 벼슬에 외람되게 오르자, 천한 출신임을 감추려고 본래의 주인을 죽이려 모의를 했습니다.' 이 무슨 망언인가? 논죄할 대신의 잘잘못을 물증에 근거하여 제시하라 하지 않았어? 어제 내게 준 글에는 이 문장이 없었네."

"새벽에 급히 넣느라 의논드리지 못하였습니다. 시중께서 더 잘 아시지 않습니까? 정도전은 외조모가 천출인 바……."

"그 입 다물라. 불확실한 풍문에 기대어 대신을 모함할 수는 없어. 백 보 양보하여 자네 말대로 출신이 그러하다 하여도, 어찌 그것이 공신록을 거둬들이고 죄에 죄를 더하는 근거이겠는가. 분노가 일면 앞뒤 가리지 않고 예의에 어긋난 적은 있으나, 정도전은 사사로운 이익을 얻거나 원한을 풀려고 나선 적은 없어. 게다가 답도 내려오지 않았는데 장정을 모아 조준과 남은의 집을 포위하였다고 들었네. 어명도 없이 대신의 사저를 막는 것은 어디에서 배웠는가? 사사롭게 장정들을 동원하지 말라 이르지 않았어?"

"대장군을 비롯하여 조준과 남은의 집에는 무뢰배들이 드나듭니다. 자신들을 논핵하는 상소가 올라간 줄 알면 무슨 짓을 할지 모르기에 잡인의 출입을 제한하고자 조처를 취한 겁니다. 말씀대로 미봉책에 불과하니 서둘러 상소에 대한 답이 내려와야 합니다. 전하께서 내일도 답을 내리지 않으시면 앞날을 예상하기 어렵습니다. 도와주십시오."

정몽주가 잠시 침묵한 후 말했다.

"다시 한 번 약속해 주게. 어명이 내리기 전에 움직여선 안 돼. 그 전에 피를 흘리면 수습할 길이 없네."

"밤에 그자들이 우릴 칠지도 모릅니다."

"두려움 때문에 사사롭게 움직이는 건 더욱 허락할 수 없네. 어명이 내린 후에도 신속하게 명을 받들되 사사로운 앙심으로 대신들을 죽이거나 다치게 해선 아니 되네. 엄정하게 법에 따라야 해."

김진양은 정몽주와 헤어진 뒤 곧장 연명 상소를 올린 이들이 모여 있는 성균관 별실로 갔다. 그곳에는 사헌부 대사헌 강회백, 집의 정희, 장령 김무와 서견, 지평 이작과 이신도 함께 기다리고 있었다. 그들은 관전교시사 오사충을 조준 등과 같은 죄로 논핵하는 상소를 올리기로 하고 이미 상소문을 마쳤다. 정몽주가 직접 나서지 않는 것에 대한 불만의 목소리가 높았다. 김진양이 말했다.

"오늘 상소를 올린 간관들은 내일 아침에 대궐 뜰에 가서 엎드려 답을 청하도록 하십시다. 시중께서 약조를 하셨으니 내일 중으론 원하는 답을 얻을 수 있을 겁니다. 답이 내려오면 즉시 오사충을 논핵하는 상소를 올리도록 하십시오. 저도 또한 탑전에 나아가 정도전과 조준 등을 베라고 아뢰겠습니다."

이확이 물었다.

"오늘 상소에선, '법을 밝혀 바르게 하시옵소서!' 정도의 청에 그쳤지 않습니까? 시중께서도 당장 그들을 베는 것엔 반대하셨습니다. 원배를 보내고 국문(鞠問)한 후 죄의 경중을 따져 벌하자는 입장이신 걸로 압니다."

김진양이 좌중을 둘러보고 답했다.

"밀어붙여야 합니다. 특히 정도전은 꼭 죽여야 해요. 사람들은 대장군의 위용을 두려워하지만 함주에서 위화도를 거쳐 금상의 즉위에 이르기까지 모든 계략이 바로 그 사내의 작은 머리에서 나온 겁니다. 그가 또 무슨 수작을 부릴지 모르니 무조건 참하는 것이 답입니다."

"시중께서도 아십니까?"

"미리 알려 부담을 드리지 않는 것이 도리이겠지요. 오늘 올린 상소에 대한 답이 내려오도록 도와달라고만 청하였습니다. 정도전을 죽일 관원도, 가장 빨리 영주로 달려갈 준마도 이미 정해 두었습니다. 이제 곧 우리 세상입니다."

무리가 김진양의 주도면밀함을 칭찬한 후 헤어졌다.

4월 여름의 첫날이다.

폭염은 시작되지 않았으나 작은 언덕만 넘어도 땀이 흐른다. 이 여름이 가기 전에 왕성에 올라갈 수 있을까. 거친 밥, 얇은 옷, 불편한 잠자리는 사소하다. 언제 다시 왕성으로 돌아갈지 모른다는 것, 앞날을 예측하여 계획을 짜기 어렵다는 것. 하지만 기대를 완전히 끊지는 못해 하루에 네댓 번은 북쪽 하늘을 쳐다본다는 것. 혹은 일부러 북쪽을 등지고 앉아서 왕성의 추억을 더듬는다는 것. 아무 일도 없었던 날들이 대단하게 느껴진다는 것. 유배지에서 죽은 이들의 고통은 옥에 갇혀 평생을 보낸 이들보다 덜하지 않다. 정처 없는 희망은 확실한 절망보다 절망스럽다.

태자사(太子寺)에 다녀왔다.

녹차 한 잔 놓고 주지승 화벽(華碧)과 담소했다. 속세 나이를 따지니 동갑이다. 내가 과거에 급제하던 해 그는 출가하여 불제자가 되었다. 홍건적에게 부모와 어여쁜 누이까지 잃었다고 한다. 4년 넘게 과거 준비를 하였고 출가 후에도 더러 춘추 시절과 전국 시절 일화를 찾아 읽어 대화에 막힘이 없었다. 학덕과 인품이 아까웠다. 왕성으로 올라가서 대찰에 머무는 것이 어떻겠느냐고 권했다. 그가 원하면 천여 칸 집과 세 군데 연못과 아홉 군데 우물을 갖춘, 왕성에서 가장 큰 연복사라도 못 맡길까. 왕성엔 민가보다 사찰이 더 많다며, 절 짓고 탑 세우는 일엔 조금의 공덕도 없다는 달마대사의 주장까지 당겨 와서 불제자를 비난한 이가 바로 나임을, 화벽이 웃으며 상기했다.

바람을 닮고 싶다고 했다. 어느 날 찾아왔다가 떠난다는 인사도 남기지 않고 훌쩍 사라지는 바람. 소멸을 준비하기에도 시간이 부족하다고 했다. 불제자들의 이런 대답이 나를 발끈하게 만든다. 부질없다, 헛되다, 소멸로 가겠다는 자세는 지금 존재하는 수많은 불행과 악덕에 대한 긍정이다. 숨거나 사라지지 않고 뚜벅뚜벅 나서야, 이것이 아닌 저것, 이 언덕이 아닌 그 너머의 산과 바다에까지 이를 수 있다. 화벽은 늘 평온한 얼굴이지만, 네 말도 옳고 내 말도 옳다는 식은 아니다. 그가 물었다.

"불멸을 꿈꾸십니까?"

"적어도 지금과는 다른 것을 바라고 있소이다."

"그 다른 것도 언젠가는 또 다른 지금에게 밀려날 겁니다."

"그딴 식으로 경계를 흐리지 마시오. 분명 내가 만들려는 세상은 지금 이 세상보다 훨씬 낫소."

"때론 별이 바다에 닿기도 하는 법입니다. 하늘도 하

늘이 아니요 바다도 바다가 아닙니다. 그 나음의 근거는 무엇인가요? 풍족함입니까? 강병(强兵)에 힘입은 평화입니까?"

몇몇 구절이 스쳤다.

"도대체 불만이 뭐요?"

"정말 궁금해서 드리는 질문입니다. 소멸에 대해 생각하시진 않습니까?"

"나타남과 사라짐, 불멸과 소멸을 같은 차원에 놓지 마시오. 얼마나 단단하고 쓰임새 있게 만들어졌는가에 따라서 사라지는 방식도 결정되는 것이라오. 나라도 마을도 가족도 또 나 자신도 마찬가지요."

"그러하다 믿으십니까? 이 세상엔 만들 수 있는 것과 만들 수 없는 것이 있다고 생각하진 않으십니까? 소승은 대감의 선의를 의심하지 않습니다. 훌륭하게 하시겠지요. 새로운 나라를 위해 법과 제도와 윤리까지도 고민에 고민을 거듭하여 만드실 겁니다. 하지만 잠깐 왔다가 사라지는 바람이나 지금도 저렇듯 소리를 내며 흘러가는 계곡물은 사람이 만들 수 없습니다. 태어나면 반드시 죽는 것이나 해가 지더라도 또 반드시 해가 뜨는 것과 그 일몰 주기 역시 사람이 어찌할 도리가 없겠지요. 모든 것을 다 만들 수 있다거나 모든 것을 다 만들 수 없다는 것은 거울처럼 닮은 마음가짐입니다."

"오늘은 왜 이리 말씀이 긴 게요?"

내가 주로 말하고 화벽이 벼랑에 핀 꽃처럼 드물게 한두 마디 뱉어 왔다. 시납처럼 화벽도 떠나려는가.

"다음엔 췻차를 맛보시지요. 흙냄새가 아주 좋습니다."

주지승치고 미래를 보지 못하는 이가 없었다. 물론 나는 그따위 요술을 믿지 않았다.

"내가 떠난단 말이오?"

"내일 마시든 10년 후에 마시든 혹은 다음 생에 마시든 다르지 않습니다. 기다리겠습니다."

목은 선생은 공맹과 석가를 적당히 두고 좋은 것만 이리저리 취하며 가자고 하였으나 허튼수작이다. 그리 따지면 버릴 일도 지울 사람도 없다. 벗은 벗이고 제도는 제도다.

화벽이나 왕성에서 교분을 쌓은 승려들, 오래전 나주에서 내게 따뜻한 밥과 위로를 건넨 불제자들을 미워하진 않는다. 그들과의 교분은 평생 갈 것이다. 화벽은 다음 생에서도 마주 앉아 담소를 나누자고 했다. 아름다운 차는 아름다운 사람을 닮는다. 아름다운 술 또한 아름다운 사람을 닮지만 불제자인 그대는 모르리라. 하지만 걱정 말라, 화벽이여! 술은 내가 마심세, 벽은 내가 부숨세, 칼은 내가 쥠세.

석씨(釋氏)를 위하는 마음은 대장군이 고려에서 으뜸이다. 왕성에 머물며 나랏일을 살피지 않았다면, 벌써 짐을 꾸려 방방곡곡 사찰이란 사찰은 다 찾아가서 머물며 불공을 드렸을 것이다. 먼 여행이 어려우므로 따로 사람을 보내 시주를 했다. 태자사에도 대장군의 사람이 조용히 다녀갔다. 대상군이 언제부터 석씨에 빠졌는지는 명확하지 않다. 계해년(1383년) 함주에서 처음 만났을 때 이미 불경이 군막에 놓였고, 장졸을 보살피는 승려들이 부대에 머물렀다. 생사의 갈림길을 누구보다도 자주 치열하게 오갔기에 석씨의 가르침에 더더욱 끌렸는지도 모른다.

내가 대장군에게서, 석씨를 어쩌면 평생 의지하겠구나 느낀 순간은 무진년(1388년, 우왕 14년) 위화도에서 회군하여 왕성을 함락시킨 직후다. 장졸들이 대취하여 노래와 춤으로 즐길 때, 대장군은 나만 데리고 왕성 밖 현화사로 갔다. 대웅전에 나란히 들어 가부좌를 한 채 아침부터 저녁까지 묵언(黙言)했다. 현화사에서 마련한 저녁도 마다하고 밤길을 걸어 내려왔다. 앞서 가던 병사가 횃불을 밝히려 하자 그마저 막았다. 빛으로 삶으로 희망으로 나오기 싫은 듯했다. 먼저 던지고 싶은 말들을 겨우 삼키며 기다렸다.

"왜 이리 허탈할까. 전투를 치른 후 잡념과 피곤이 몰려들곤 했지만 이 정돈 아니었다오. 오늘 같은 날을 기대하며 장수가 되진 않았소."

"최선의 선택이었습니다. 화살 한 발 쏘지 않고 피 한 방울 묻히지 않는 승리란 없지요."

대장군의 걸음이 느려졌다.

"장수가 군령을 어기는 일이 얼마나 큰일인지 아시오? 아무리 문제가 많고 따르기 힘든 군령이라도, 군령을 어긴 장수는 지탄을 면키 어렵소. 더군다나 다른 이도 아니고 팔도도통사 겸 문하시중 최영의 군령이라오."

"군령을 따랐다면 수많은 장졸이 목숨을 잃었을 겁니다."

"과연 내가 최 시중보다 잘할 수 있겠소? 강직하고 청렴하기론 그를 따를 자가 없다오."

"최 시중은 자기 자신을 지나치게 믿었습니다. 의심 없는 강직함은 때론 엄청난 화를 부르는 법이지요."

대장군이 걸음을 멈췄다. 앞서 걷다가 되돌아온 병사들을 먼저 내려 보낸 후 흐르는 물소리에 맞춰 속마음을 꺼내 놓았다.

"솔직히 짚어 봅시다. 나를 따르는 이들이 적지 않소. 이름을 기억해 둘 사람만 해도 기백, 아니 기천은 되겠지. 그들 대부분은 옳고 그름을 예리하게 분별하거나 정직을 목숨보다 중히 여기는 것과는 거리가 멀다오. 나와의 인연으로 여기까지 흘러왔다는 설명이 정확할 게요. 백성을 위한 나라는 나 혼자 만드는 게 아니오. 그 사람들이 걸림돌로 놓일까 걱정이오. 그들이 실수나 잘못을 범해 옥에 갇히거나 곤장을 맞는다면, 전쟁터에서 전사 소식을 들을 때보다 마음이 아플 것 같소. 나를 따르지 않았다면 왕성에도 오지 않았을 테고, 벼슬과 재물의 가치도 몰랐을 것 아니오. 나로 인해 벌어진 혹은 벌어질 일들이 이토록 많을 줄이야."

"몇 건의 일탈은 어찌해도 일어납니다. 하지만 내일부터라도 엄중 경고하여 이 좋은 인연들이 악연으로 변질되는 것은 막겠습니다."

잔잔히 대장군의 웃음소리가 흘러나왔다가 사라졌다.

"삼봉! 날 위하는 마음은 알지만 제발 위로는 마오. 오늘 나를 휘감은 이 허탈함은 삼봉이 배우고 익힌 공맹의 가르침을 넘어서는 것 같소. 누구누구를 단속한다고 해결되지 않소. 좀 더 깊이 따져 보아야 하겠소. 당장 답은 없지만, 왠지 그래야 할 것만 같구려."

그 후로 대장군이 무학과 마주 앉는 날이 늘었다. 내가 석씨를 어찌 취급하는지 알기에, 대장군은 내 앞에서 불경을 읽거나 논하지는 않았다. 현화사 밤길에 이어 허탈함의 근원을 따질 날이 또 올까. 아니면 그 길을 내가 따로 만들어 대장군을 강제로라도 데려가야 할까. 석씨를 향한 대장군의 믿음이 당장은 큰 문제가 아니지만, 우리의 바람이 이뤄진 다음엔 썩은 살갗처럼 터질지도 모른다. 석씨가 내 앞에 있다면 호통을 쳐 나라 밖으로 내쫓고 싶다.

뒷산 이내 아른거리는 저물 무렵부터 상업(相業), 즉 재상이 마땅히 할 일들을 적어 나가다가 가슴이 답답하여 그만두었다. 잠시 누워 잠을 청했지만 식은땀만 흘렀다. 태자사 한적한 절간을 거닐어도 곤두선 마음을 다스릴 길이 없다. 진법(陣法)으로 옮기니 찬바람 몇 줄기 뒷목을 타고 꼬리뼈까지 내려가는 듯했다. 지형에 따라 장졸의 종류를 달리하는 법을 다섯으로 정리했다. 이해를 돕기 위해 서로 비교하며 숫자로 가감을 두었다. 가령 이런 식이다. 수레가 묻힐 만큼 질퍽거리거나 돌이 무더기로 쌓인 비탈길에는 보병(步兵)을 투입해야 한다. 거기(車騎) 다섯 명이 보병 한 명을 당하지 못한다. 평원에는 거기를 투입해야 한다. 보병 열 명이 거기 한 명을 당하지 못한다. 마주 보는 계곡에는 궁노(弓弩)를 투입해야 한다. 도순(刀楯) 세 명이 궁노 한 명을 당하지 못한다. 초목이 무성하고 특히 나뭇가지가 사방으로 뻗은 곳에는 모연(矛鋋)을 투입해야 한다. 장극(長戟) 두 명이 모연 한 명을 당하지 못한다. 높은 언덕과 좁은 길에는 도순을 투입해야 한다. 궁노 두 명이 도순 한 명을 당하지 못한다. 지금 왕성의 싸움판에는 다섯 장졸 중 누굴 투입해야 할까.

포은에게서 뜻밖에도 긴 서찰이 왔다. 이매가 아니라 포은의 사랑방에서 기거하던 일가붙이가 전해 주었다. 혹시나 의심하며 서찰을 펼쳤는데, 힘차게 쭉쭉 뻗어 내린 필체가 포은의 것이 분명하다.

재독했다.

실망스럽다.

포은은 금상을 폐할 뜻이 없다. 세 가지 이유를 들었지만 핑계에 불과하다. 대장군의 신중함을 왕이 될 의지가 없는 것으로 치부하다니! 명나라가 금상과 세자를 인정했기 때문에 바꾸기 어렵다는 주장 역시 납득하기 어렵다. 신우 역시 명나라와 국서를 주고받았지만 폐하지 않았던가. 우리가 할 일부터 하고 명나라를 설득하는 것이 순서다. 대국의 눈치를 살펴 우리 일을 미루거나 취소할 순 없다. 함께 혁명을 도모한 이들의 타락을 지적한 대목은 가슴 아프다. 많은 부분 사실이다. 하지만 그것은 대장군이 용상에 오르고 포은과 내가 재상의 역할을 맡아 엄히 다스릴 문제다.

의심이 인다.

불안하다.

혹시 이 치밀한 사내가 나를 왕성 밖으로 멀리 보낸 후 대장군을 설득하여 주저앉힐 계획을 짠 것은 아닐까. 더 이상 피 흘리지 않고, 조용히, 마치 혁명을 일으킨 적도 없다는 듯이 분위기를 바꾼 뒤, 가장 늦게야, 내가 아무 일도 할 수 없는 지경으로 만든 다음 왕성으로 나를 부를 작정을 했다면?

포은이 대장군을 급습하려 한다는 이방원의 주장엔 과장이 섞였겠지만, 설령 그런 분란이 생긴다 해도 이두란을 비롯한 장졸들이 대장군을 지켜 내겠지만, 오히려 이런 지극히 부드럽고 차분한 포은의 걸음이 치명적일 수 있다. 대장군의 대군에 맞설 포은의 무기는 명분뿐이다. 누구나 인정할 수밖에 없는 목표를 선점하고 논리를 짜는 것. 그리고 전혀 사사로움이 없는 얼굴로 투명하게 속을 먼저 보여 주는 것.

내가 왕성으로 가야 한다. 조준도 남은도 포은을 상대하긴 역부족이다. 나만이 포은과 마주 앉아, 명분에는 명분으로, 논리에는 논리로, 역사에는 역사로, 병법에는 병법으로 따질 수 있다. 그리고 포은이 가장 깊숙하게 감춰 둔, 너무 깊어 과연 그런 것이 있기나 한 걸까 의심하게 만드는, 사사로운 바람에까지 닿아야 한다. 차선은 없다. 오직 최선을 택해 끝까지 가야 한다. 쉬이 잠들 것 같지 않은 밤이다. 땅에서 하늘까지 생각이 꼬리를 문다. 흔들린다. 거금래(去今來)* 과거여, 거금래 현재여, 거금래 미래여!

포은에게서 받은 서찰을 아래에 붙여 둔다. 사라진 것들에 대한 아쉬움은, 그와는 다른 빛깔이지만 나 또한 크다.

재상 중심의 정치를 논한 자네의 글을 잘 받아 보았네. 벼루에서 용이 일어나듯 힘찬 필체가 참으로 반가웠으이. 정곡을 찌르고 대안까지 자세하니, 역시 삼봉이구나 했다네. 우선 기뻤네. 행여 자네가 상심하여 문방사우를 멀리하는 것은 아닐까, 대장군과 함께 걱정했었으니까. 선물을 되돌려 보내며, 더 이상 사사롭게 붓을 놀리진 않겠다는 답을 줄지도 모른다고 여겼지. 기왕 글솜씨를 뽐내기 시작하였다면 대장군께도 소식을 전하도록 하게나. 우리 둘은 왕성에 머물고 자네만 먼 곳에 귀양 가게 했다고, 겨울이 다 끝났는데도 올라오도록 조처하지 않는다고 자네가 마음 상한 듯도 하다기에, 삼봉은 그런 일로 토라질 위인이 아니라며 두둔하긴 했네. 자네가 함주에 처음 갔을 때처럼

---

* 과거, 현재, 미래.

멋진 시 한 수 선불한다면, 첩첩 청산 속에서 자란 소나무
는 더욱 기뻐할 게야.*

햇살이 점점 뜨거워지는군. 송악산 아래 자하동(紫霞洞)
으로 목은 선생 모시고 다 같이 피서하던 여름을 잊진 않
았겠지? 쭉쭉 뻗은 소나무와 편백나무 가지가 비취색 일
산(日傘)처럼 우거지니, 발 씻으며 계곡물에 병과 잔 띄워
마신 술이 그 얼마였던가. 술 한 잔에 시 한 수가 폭포처
럼 내릴 때마다 웃음이 웃음으로 이어져 세상살이의 불편
함을 지워 버린 시간이었다네. 누군가는 신라의 옛 노래
로 아늑하고 누군가는 실연의 별곡(別曲)으로 구슬프고 누
군가는 이 자리에 모인 이들의 재주를 하나하나 언급한
뒤, 위 경기 어떠하니잇고.** 자꾸 되뇌며 자랑스러워했네.
가장 많이 웃고 또 가장 많이 마신 이가 바로 삼봉 자네였
으이.

아쉬움도 남았다네. 두 가지 서로 다른 아쉬움이지. 하
나는 작년 5월 자네가 목은 선생을 공격하는 상소를 올리

---

*『태조실록』 1398년 8월 26일 정도전 졸기의 시. 함주를 처음 갔을 때 정
도전이 지은 시가 실려 있다. "한 그루 소나무가 오랜 세월/ 첩첩 청산 속에
서 자랐네/ 언제 다시 볼 수 있을까/ 세상 일은 문득 지난 일 되고 마니.(蒼
茫歲月一株松 生長靑山幾萬重 好在他年相見否 人間府仰便陳蹤)"
**「경기체가」의 마지막 구절을 가리킨다. "그 경치가 어떠합니까."라는 뜻.

기 전에, 창포 김치[菖歜]에 주악떡 곁들여 창포주(菖蒲酒)*
나누며 의논하지 못한 것이 못내 후회스럽군. 사전 혁파를
반대한 선생의 입장이 지나치다는 것을 나도 모르는 바는
아니네만, 그렇다고 지난 일을 들추며 선생을 중벌에 처하
라는 자네의 글도 정도에서 한참 빗나간 것이었어. 선생이
신우 시설 도덩을 이끌었다며 비난한다면, 신우와 신창 아
래에서 벼슬살이를 한 나를 비롯한 많은 신하들 역시 문
책에서 자유롭지 못할 걸세. 이인임과 최영의 무리는 이미
제거되었네. 선생이 그들과 가깝게 지낸 것은 사실이네만
또한 그들과 다른 길을 걸어온 것도 사실일세. 자네와 같
은 제자를 길러 낸 것만 해도 특별하지 않은가. 다음에 따
로 자리를 만들 터인즉 꼭 선생께 사과하도록 해. 어찌 되
었든 우리는 모두 선생의 무릎 아래에서 시문을 배우고 익
히지 않았는가.

또 하나는 자네를 둘러싼 세상의 흉측한 소문들에 대
한 아쉬움이지. 자네가 귀양을 떠난 직후부터 급격하게 벌
어지고 있는 조정 안팎의 일들은 말로 옮기기조차 부끄럽
다네. 조준과 남은 등은 대장군의 휘하 장수처럼 굴기 때
문에 처음부터 대화를 나누기 어려웠다네. 하물며 그 아래

---

* 5월 5일 단오에 만들어 먹는 떡과 술.

사람들이야, 대장군을 따라다니다 보면 벼슬자리 하나쯤 얻지 않을까 하는 기대로 험한 짓도 마다하지 않는 잡배들이지. 세도가들에게 벼슬자리를 얻으려고 비굴하게 찾아다니는 분경(奔競)과 다를 바 없으이. 나는 안다네. 적어도 자넨 내 앞에서 핏대를 세우며 싸우자고 대들더라도 등 뒤에서 모략을 꾸며 사사로운 욕심을 채우려 하진 않는다는 것을. 그런데 어리석게도, 많은 이들은 그 뻔뻔하고 잔혹한 놈들의 수괴가 곧 자네라고 여긴다네. 그들을 큰소리로 책망하기도 했지.

정도전의 집에 가 보아라. 금은보화가 있더냐? 그에게 없는 것이 재물에 대한 욕심이며 그에게 충만한 것이 호연한 기운이다. 정도전의 집에 가 보아라. 칼과 활과 도끼와 철퇴가 있더냐? 그에게 없는 것이 누군가를 해치려는 무기이다. 그를 에워싸고 있는 것은 수백 번씩 읽어 너덜너덜해진 공맹의 경전뿐이다.

대장군은 참으로 탁월한 인물일세. 나는 아직까지도 그처럼 말을 잘 다루며 강궁을 원하는 곳에 쏘는 이를 보지 못했네. 화살 한 방에 호랑이의 심장을 꿰뚫으면서도 또한 서책을 즐기는 문무겸전의 표본이 아니겠는가. 이 나라를 통틀어도 대장군처럼 뛰어난 장수는 다시없을 걸세. 그러니 많은 이들이 그를 따랐고 따르고 또 따르기를 원하지.

나도 자네도 대장군과 함께라면 든든했던 것이 사실일세.

　나는 대장군과 가까운 이들이 어떤 바람을 품고 있는지 잘 안다네. 어찌 모르겠는가. 남의 자리를 빼앗은 도둑쯤으로 금상을 치부하는 무리가 아침저녁으로 조정에 들고나는 것을. 자신들이 목숨 바쳐 충성할 이는 오로지 대장군뿐이라더군.

　세상 사람들이 무엇이라고 해도, 나는 자네의 초발심을 믿네. 새로운 세상을 향한 의지, 재상 정치의 실현, 농사꾼에게 더 많이 골고루 나눠 주고 싶은 바람, 전쟁을 억제하기 위해 노력하고, 만약 싸운다면 승전고를 울리도록 준비하는 자세! 그 길을 향한 나의 열망을 믿어 줘서 또한 다행일세. 언젠가 자네가 나주에서 사귀었던 이들을 거명하며 이렇게 말했었지.

　"밝은 게 오히려 무지무지 슬펐습니다. 웃는 거 외엔 할 일이 없을 때 그건 웃는 게 아니니까요. 돌림병에 가족이 쓰러지고, 굶주림에 아기가 죽고, 흉년에 벼와 보리가 썩어 들어가는 걸 봤습니다. 그런데 물론 그들도 눈물을 쏟으며 신음을 뱉었지만, 그 슬픔을 덮으려는 듯 더 오래 웃더라고요. 그 앞에서 저는 울지 않는 척 연기하는 기술이 늘었습니다. 고개를 숙이곤 생각에 잠긴 듯 눈물을 참으려 애썼지요. 그러다가 끝내 눈물이 떨어지면, 손으로 턱을 괴며

엄지나 검지로 재빨리 눈물을 훔쳤습니다."

나 역시 자네와 똑같은 심정이라네. 우리의 변치 않는 의지가 바위와 같다면, 그 바위는 남들은 모르는 눈물로 만든 걸세. 나주 귀양과 이어진 6년의 유랑을 마치고 왕성으로 올라온 자넬 보고, 목은 학당의 동학들은 자네가 참 많이 변했다고 했지. 날카로움은 여전했네만 밝고 짓궂은 농담도 곧잘 던졌기 때문이야. 자네의 문장은 훨씬 다채로워졌지. 배꼽을 잡고 떼구루루 구르다가 문득 눈물 한 방울 흘리게 만들거나 뒤통수가 서늘하여 돌아보게 하는 작품들이었네. 어떤 이는 자네가 너무 가벼워졌다며 안타까워했지만 나는 자네의 이 경쾌한 문장들이 좋았다네. 최악의 상황에서도 살아가는 방법을, 평생 흙을 일구며 사는 이들에게 배운 것이니까.

내가 자네와 달리 생각하는, 대장군이 아니라 지금 상황을 그대로 유지하면서 부족한 부분들을 채우고 낡은 것들을 부수는 편이 낫다고 여기는 세 가지 지점을 적어 보고자 하네. 사라지고 없는 것들에 대한 이야기일세.

먼저 대장군에게 부족한 권력에의 의지를 지적하지 않을 수 없군. 겸양이 아니라 그는 정말 왕성을 떠나 동북면으로 돌아가고 싶어 하네. 정치는 정치가에게 맡기고 자신과 같은 늙은 장수는 변방의 작은 고을을 지키는 편이 옳다는 것일세. 또한 그동안 죽인 자들의 원혼을 위로하며 석가의 가르침을 더 깊이 공부해 보고 싶다고도 하였네. 자네와 내가 꿈꾸는 재상 중심의 국가에서 왕이란 바삐 나랏일을 챙길 필요는 없지만, 그래도 재상으로서 일할 신하를 미리 살펴 두고, 또 때론 중요한 나랏일을 선별적으로 힘써 행해야만 한다네. 그런데 대장군처럼 아예 용상을 싫어하는 것은 물론이고 왕성에 머무르는 것조차 꺼린다면 곤란하지. 대장군의 탁월함은 전장에 있지 왕궁이나 도당에 있지는 않은 것 같네. 그러니 그를 용상의 주인으로 만들려는 자네를 비롯한 추종자들의 노력은 헛수고일 뿐이야. 자네가 대장군의 최근 심정을 다시 확인한 뒤, 조용히 그러면서도 비교적 신속하게 알려 주었으면 하네. 대장군은 나와 술잔을 기울일 때마다 답답해하더군. 아무리 속마음을 밝혀도 추종자들이 믿지를 않는다고 말일세.

두 번째는 고려에 대한 명나라의 믿음일세. 공민왕께서 돌아가시고 신우가 용상에 오른 후부터 자네도 알다시피 고려는 북원과 손을 잡았지. 북원은 명나라를 치고 중원을 회복하고자 했기 때문에 졸지에 고려는 명나라의 적국이 된 걸세. 위화도에서 회군하고 신우와 신창을 잘라 내고 금상을 보위에 올렸으되, 명나라는 아직 우릴 의심한다네. 고려 사신들의 입국을 막기까지 했지 않은가. 그나마 세자께서 직접 입조하여 그동안의 사정을 진심으로 머리 숙여 아뢴 덕분에 상황이 나아지는 형편일세. 이러한 때에 만약 자네의 바람처럼 금상을 끌어내리고 역성(易姓)으로 왕조를 연다면, 명나라는 대장군과 그 추종자들을 못마땅하게 여길 수밖에 없네. 자신이 인정한 왕과 세자를 그 신하들이 함부로 해친 꼴이니까.

마지막으로 대장군을 추종하는 문무 대신 중 상당수가 표리부동한 언행을 일삼고 있다네. 혁명을 통해 세상을 바꾸려는 갈망이 급속도로 줄어든 걸세. 배신에 가깝네. 대신이 되고 왕성에 자리를 잡은 후로 그들이 한 짓은 우리가 그토록 경멸하던 이인임 일파와 크게 다르지 않았다네. 더 많이 빼앗고 더 많이 죽이고 더 많이 먹고 마시며 한 시절 제멋대로 보내려는 자들일세. 뻔뻔하게도 그런 자들이 세 치 혀를 놀려, 대장군과 자네 이름을 팔며 혁명의 완성 운운한다네. 그들을 지금 당장 잘라 내지 않는다면 우린 모든 걸 잃을 걸세. 모범을 보이지 않는 이가 어찌 공맹의 도리를 따르는 사대부라 자처할 수 있겠는가.

삼봉!

이 세 가지 사라짐에 유념해야 다음 여정을 시작할 수 있다네. 허상을 쫓아선 안 돼. 자네는 내가 과거에 집착한다 하겠지만, 내 보기엔 자네야말로 과거에 만들어 놓은 틀을 고집하는 것 같네. 자네가 원하기만 하면 대장군도 용상의 주인이 되려는 대의를 품을 게고, 명나라도 고려의 쇄신을 인정할 게고, 옛 동지들도 혁명의 초발심을 회복할 거라고. 셋 다 자네의 머릿속에선 간단히 없음에서 있음으로 바꿀 수 있겠지만 현실에선 전혀 그렇지가 않네. 영영 회복되지 않을 것도 있고 우리가 지금부터 최선을 다해야 겨우 있음으로 돌아올 것도 있으며 최후통첩을 보낸 후 그래도 나아지지 않으면 잘라 내고 새로 시작해야 하는 것도 있다네. 이게 현실이야. 우린 여기서부터 시작해야 하네.

삼봉!

함께 가세. 우리의 목표는 혁명을 통해 오직 백성만을 위하는 새로운 세상을 만드는 것이지 왕조를 여는 것은 아니지 않은가. 물론 그것까지 포함하여 의논하자는 자네를 탓하는 것은 아니야. 우리가 함께 보낸 밤들이 떠오르는군. 얼마나 많은 나라를 세우고 또 무너뜨렸던가. 그러나 지금은 자네가 원하는 개국(開國)을, 혁명의 관점에서 동참할 이도 없고 용상을 차지할 이도 없으며 또 세상의 흐름도 자네 편이 아니야. 하나씩 차례차례 바꿔 가세. 앞서 말한 셋 중에서 둘 정도만 충족되더라도 다시 자네와 머리를 맞대고 새로운 국면을 논의할 수 있다고 보네.

지금은 자네가 내 편을 들어 주었으면 해. 대장군은 고맙게도 내 충고를 받아들여 금상께 더 많은 말씀을 더 자주 올린다네. 자네까지 힘을 실어 준다면, 곧 화평한 시절이 찾아올 걸세.

차 한 봉지 보내네. 안화사 샘물로 달여 함께 마시며 빛과 맛과 향취 음미할 날이 속히 왔으면 싶네. 박연폭포 아래에서 헌칠한 자네의 학춤 구경하던 날이 어제 같으이.

부디 깊이 살펴 주게나.

16장

믿음,
무너지다

◉ 4월 계축일*

◎ 대장군 이성계가 벽란도를 거쳐 산예서구(狻猊西丘)를 넘어 야밤에 왕성으로 돌아왔다.

대장군은 새벽이 밝기 전에 해주를 출발하여 장삿배, 고깃배 가득한 벽란도에 도착한 뒤 쉬었다. 이방원이 왕성에서 벽란도로 왔다.

"여기서 지체할 여유가 없습니다. 곧바로 왕성으로 돌아가셔야 합니다. 아버지가 이미 세상을 떠났다는 헛소문까지 파다하게 퍼졌습니다. 돌아가셔서 건재함을 알리셔야 합니다."

대장군이 물었다.

---

* 1392년 4월 2일.

"어제 올린 간관들의 상소를 전하께서 받아들이셨느냐?"

"유예하셨습니다. 하지만 둑이 터졌으니, 간관들이 오늘부터 득달같이 달려들어 어제 올린 글대로 우리 쪽 대신들을 해하려 들 것입니다."

"추측에 불과하지 않느냐? 네가 서둘러 움직이면 괜한 오해를 살 뿐이다. 이곳에서 하루를 더 유한 후 내일 돌아가겠다."

잠시 후 이방원이 새 소식을 가지고 왔다.

"어제 올린 상소대로 이름이 거명된 대신들을 원배시키라는 명이 내렸습니다. 정몽주가 우리 집안을 몰락시키려드는 겁니다. 속히 돌아가셔서 목을 베야 합니다."

대장군이 잠시 눈을 감았다가 뜨곤 답했다.

"법에 따라 처결된 일이다. 정 시중은 그 상소문에 이름을 넣지도 않았어."

"글을 올리고 대궐의 뜰에 엎드려 목소리를 높인 김진양 등이 정몽주의 수족임을 천하가 다 아는 사실입니다."

"몸이 좋지 않구나. 쉬어야겠으니 그만 물러가도록 해라. 어명이 이미 내렸으니 내가 돌아간다고 달라질 것이 무엇이겠느냐?"

잠시 후 이방원이 새 소식을 가지고 왔다. 해가 졌다.

"김진양 등이 정도전, 조준 등을 극형에 처해 달라고 청하였다 하옵니다."

"극형? 유배가 아니라 죽이자고 했단 말이냐?"

"그렇습니다."

"전하께서 받아들이셨어?"

"오늘은 물리치셨습니다만, 내일 그들이 다시 몰려가서 조르면 어찌 될지 모르는 상황입니다. 속히 돌아가셔야 합니다."

대장군이 가마를 타고 왕성으로 돌아왔다.

◎ 왕이 왕성에 머물렀다.

김진양 등이 대궐 뜰에 엎드려 정도전과 조준 등을 벌주기를 청하였다. 왕이 시중들을 부르니 정몽주와 심덕부가 함께 왔다. 왕이 심덕부에게 물었다.

"어찌해야 하겠소?"

심덕부가 답하지 않고 정몽주에게 미루었다. 정몽주가 답했다.

"간관들의 충심을 헤아리시옵소서. 조정에 새로운 바람을 불어넣을 때가 되었사옵니다."

심덕부가 비로소 끼어들었다.

"대장군이 해주에서 돌아온 후에 결정을 내리는 것이

어떠하겠습니까?"

"과인도 어젠 심 시중처럼 생각하였소. 이번에 논핵된 이들이 대부분 대장군과 가까운 이들이라오."

정몽주가 답했다.

"대장군은 부상이 깊다 하니 치료에 전념하도록 배려하는 것이 좋을 것입니다. 간관의 논핵이 합당하다면, 논핵된 자들이 누구와 가깝고 멀고를 따질 문제는 아니옵니다."

"하면 그들을 어찌 벌하는 것이 옳겠소?"

"우선 유배를 보내고, 죄의 경중은 시일을 두고 자세히 따지시옵소서."

왕이 지신사 이첨에게 정도전, 조준, 남은, 윤소종, 남재, 조박 등을 유배시키라 명하였다.

지신사 이첨이 유배형에 처한 이들의 명단에 실수로 정도전을 포함시키지 않았다. 김진양 등은 왕이 내린 답을 받고 뜰에서 물러난 후 의논하였다. 김진양이 말했다.

"우리의 상소에 따라 신하들에게 벌을 내리기로 정하였으며, 유배형에 처하는 이들의 명단과 유배지가 아울러 내려왔소이다. 그런데 이 명단엔 정도전이 빠져 있소이다."

이확이 물었다.

"지신사 이첨에게 다시 확인해 보아야 하지 않겠습니까?"

김신양이 납했다.

"내 생각은 다르오. 정도전은 이미 작년에 유배형에 처해진 바 있고 그 형이 감해져 지금은 영주에 머무르고 있지 않소? '유배지에서 법으로 다스려 뒷사람의 경계로 삼으소서.'라고 우리가 그를 지목하여 글을 올렸고 따로 고쳐 답이 내려오지 않았으니, 이제 곧 사람을 보내 법으로 다스리면 됩니다."

김진양이 미리 정해 둔 관원들을 영주로 내려 보냈다. 정도전을 보주 감옥에 가두고 문초하고 역모를 도모했다는 자백을 받은 뒤 죽이라고 했다.

사헌부 대사헌 강희백 등이 판전교시사 오사충을 탄핵하였다. 왕이 정몽주와 의논한 뒤 오사충을 삭탈하고 유배하라 명했다. 김진양 등이 몰려와서 청을 더했다.

"조준과 정도전은 악의 뿌리이고, 남은, 남재, 윤소종, 조박 등은 그 뿌리에서 자란 가지요 잎입니다. 정도전만 죽이고 나머지는 유배를 보낸다면 악 중에서 겨우 하나만 떼어 내는 꼴이옵니다. 그 죄가 같사오니 조준 등도 정도전처럼 극형에 처하시옵소서."

왕이 정몽주에게 목소릴 낮춰 물었다.

"해주에선 아직도 소식이 없소?"

정몽주가 답했다.

"없사옵니다."

왕이 왼눈을 손등으로 비빈 뒤 김진양 등을 노리며 답했다.

"과인은 정도전을 죽이라고 명한 적이 없다. 정 시중! 그렇지 않소?"

정몽주가 답했다.

"그러하옵니다."

김진양이 말했다.

"유배형에 처하는 죄인들의 명단에 정도전이 빠져 있었사옵니다. 이것은 유배지에서 법으로 다스리란 신들의 뜻을 받아들이신 것이 아니옵니까?"

왕이 답했다.

"그렇지 않다. 과인은 정도전을 조준 등과 함께 유배하라 명하였다. 확인하라."

지신사 이첨의 실수가 비로소 밝혀졌다. 왕이 정도전을 전라도 광주로 귀양 보내도록 했다.

◎ 정몽주가 김진양을 궁궐 별실로 데려갔다.

정몽주가 꾸짖었다.

"어찌 일을 이토록 함부로 하는가?"

김진양이 답했다.

"정도전을 죽이지 않고는 승산이 없음을 아시지 않습니까? 해주에서 대장군이 죽었다는 소식이 아직 없으니, 정도전의 목숨이라도 급히 취해야 합니다."

"광주로 유배 보내란 어명을 자네도 들었지? 딴짓 말게."

"정도전은 광주로 못 갈 겁니다."

정몽주가 놀라 물었다.

"무슨 말인가?"

"보주 감옥에 가두기 위해 관원들이 이미 떠났습니다. 하옥한 뒤엔 문초를 하여 역모를 자백받을 것입니다. 토설하지 않고 버티면 죽음에 이르도록 형신을 하라 일러 뒀습니다."

"어명이 내리지도 않았는데 정도전의 목숨을 취하겠다고? 사사롭게 계략을 부려 피를 흘리게 만들지 말라 그렇게 일렀거늘."

"저들을 죽이지 않으면 우리가 당합니다. 관원들을 풀면 귀양길에 나선 이들을 모조리 길 위에서 참할 수 있습니다. 나중에 죄를 따진다면 제가 벌을 받겠습니다. 그리하겠습니다."

"안 돼. 정도전이 죽는다면 그보다 더 큰 빌미는 없어.

모두 살아 있어야 돌이킬 것은 돌이키고 양보할 것은 양보하며 갈 수 있지. 이제부터 자넨 빠져. 조정엔 얼씬도 하지 말고 근신하며 기다리도록 해."

"정도전을 살려 두고도 고려를 중흥시킬 수 있다 보십니까?"

"싸울 때 싸우더라도 이처럼 개망나니 짓을 해선 안 돼. 비겁한 승리는 승리가 아니야."

"아무리 의로워도 패배는 패배일 뿐입니다. 의로운 패배보다 비겁한 승리가 백배 낫습니다. 저희에게 편하게 한 말씀만 하시면 됩니다. 시중께서도 이 말씀을 하실 날만 기다려 오신 것 아닙니까. 역성(易姓)을 도모하는 자들을 모두 잡아들여 참하라!"

"그만! 썩 물러가게."

"대장군 이성계의 부고가 닿은 후에도 시중께서 이리 말씀하실지 궁금하군요. 곧 다시 오겠습니다."

정몽주가 급히 보주로 관원을 보내, 정도전을 광주로 유배하라는 어명을 전하도록 했다.

보주 감옥에 갇혀 일기를 쓴다. 참담하다. 뭔가 쓰지 않고는 가슴이 뛰고 팔과 다리가 떨려 견디기 어렵다. 내 생애 가장 불행한 날이다. 쓰기 싫은 문장을 이방원에게 보내는 서찰에 적고야 말았다. 자네 뜻대로 하게.

최악을 상상한 적이 없지는 않다. 원나라 사신을 맞으러 가라는 어명을 거부할 때, 위화도회군을 결정할 때, 죽음을 각오했다. 그러나 그 순간엔 당당했고 뜨거웠다. 함께 그 길을 가려는 이들의 눈동자는 빛나고 아름다웠다. 무너지는 쪽은 세상이었고 내 마음은 흔들림이 없었다. 최악을 상상했지만 죽음조차도 최악은 아니었다.

오늘은 달랐다. 깊은 한숨이 새어 나왔다. 어둠에서 어둠으로 이어진 바람을 타고 천 개의 강이 들끓었다. 더럽고 탁하게 뒤엉켜 소용돌이쳤다. 기억의 관절이 비틀렸다. 내일의 성문들이 벽처럼 닫혔다. 단어나 문장이 되지 못한, 타인에게 전달하기 힘든, 그러나 한 생애를 이미 살아버린 쭈글쭈글한 외마디들이 그 벽 아래 시체처럼 쌓였다. 이것은 배신이다. 정몽주를 잃는 것은 세상 전부를 잃는 것과 같다고 믿었건만.

해가 지기 전까진 아무 일도 없었다. 일기로 남길 만남도, 깨달음도 없는 날. 오늘은 문방사우를 괴롭히지 말자하고 대충대충 먹고 대충대충 걷고 쉬었다. 왕성의 일들을 걱정하지 않은 것은 아니다. 걸음 하나, 손짓 하나도 과하지 않게 조심했다. 행동과 생각의 빈자리를 넉넉하게 두고, 대마를 잡았던 바둑판을 복기하듯 순서를 따져 일상을 채워 나갔다. 나의 역사에 대장군의 역사와 정몽주의 역사를 나란히 세웠다. 역사는 암기하는 것도 아니고 몰랐던 사실을 깨닫는 것도 아니며, 오히려 상상하는 것이다. 사실이라고 알려진 것들의 뒤편 혹은 서책엔 영원히 담기지 않을 한 인간의 걸음걸이, 먹을 벼루에 가는 손목의 놀림, 흡족한 시나 그림을 만났을 때 내뱉는 경탄의 눈빛. 그것들이 모여 결단을 낳고 열정을 빚고 슬픔을 흐르게 한다. 상상할 수 없는 앎은 없다. 대장군과 정몽주를 눈에 선할 만큼 상상할 수 있기 때문에, 나는 영주에서도 두 사람의 다음 걸음을 미리 어루만지는 것이다.

마을 앞 개천에서 조금 늦게 돌아왔다. 나처럼 하릴없는 떠꺼머리 서넛이 통발과 그물로 물고기를 잡는 것을 나무 그늘에 앉아 지켜봤다. 녀석들은 잡아도 웃고 놓쳐도 웃었다. 떠들다가도 웃고 조용하다가도 웃었다. 내 입귀까지 올라갈 만큼 전염성이 강한 웃음이었다. 영주나 나주는 왕성보다 두 배는 더 웃음이 잦았다. 웃음을 던지기 애매한 상황에서도 일단 앞니를 드러내며 미소를 머금기 시작하는 사람들.

노을이 녀석들의 발목과 웃음을 불그스름하게 물들일 때 동자가 숨을 헐떡이며 급히 나를 데리러 왔다. 왕성에서 관원들이 왔다고 했다. 불길했다. 복직과 같은 희소식이라면 대장군이나 포은이 미리 사람을 보내 귀띔을 하리라. 이매나 망량이 한달음에 내려오리라. 새들이 나뭇가지가 휘청댈 만큼 날아들어 파묻혔다. 웃음이 뚝 끊긴 밤엔 긴 휴식이 기다렸다. 저물 무렵부터 새로 뭔가를 벌이는 것은 영주 사람들에겐 낯설었다. 어느덧 내게도 익숙해진 관습이 바로 오늘 깨질지도 몰랐다.

다섯 관원은 집으로 들어서는 나를 포박하여 꿇어앉혔다. 그리고 어명을 전했다.

죄인 정도전을 보주 옥에 가두고 엄히 문초하라!

개들이 짖기 시작했다. 이웃들이 문 앞까지 나와서 작은 소동을 살폈다. 관원들은 장검을 뽑아 들고 눈을 부라리며 구경꾼들을 쫓았다. 이웃들은 물러나면서도 선량한 눈으로 내게 물었다. 괜찮으세요? 나는 고개를 끄덕이며 입술로 웃어 보였다. 개천으로 나를 데리러 왔던 동자는 끝내 울음을 터뜨렸다. 가장 먼저 기쁨에 빠져서 웃는 이도 아이고 가장 먼저 슬픔에 젖어서 우는 이도 아이다. 관원은 아이의 가슴에 장검이라도 꽂을 기세로 나아갔다.

"정이 들어 그렇다네."

관원이 걸음을 멈췄다. 그 틈에 나는 동자를 달랬다.

"오늘은 마루에서 쪽잠을 청하지 말고, 안방에서 편히 아기처럼 나비잠을 자거라."

그리고 이곳 보주까지 끌려와서 옥에 갇혔다.

밤길을 비틀비틀 걷는 동안 두 사람의 얼굴이 떠올랐다. 한 명은 정몽주고 또 한 명은 이방원이었다. 이방원은 오늘과 같은 불상사가 벌어지리라 경고하며 먼저 정몽주를 베자고 했다. 나는 끝까지 정몽주를 믿겠다며 그 제안을 반박하고 꾸짖었다. 이 어명이 정녕 정몽주의 뜻일까? 왕성으로 불러올려 벼슬을 내리는 대신 옥에 가두라고 하다니. 양달로 끌어내기는커녕 더 춥고 어두운 응달로 밀어 넣은 것이다. 해주의 대장군과 싸울 결심을 했단 말인가. 셋에서 둘로, 둘에서 하나만 남는 파국으로 치닫겠다고?

왕성에서 급파된 관원들은 옥살이를 하던 죄인들부터 다른 곳으로 옮겼다. 형틀로 나를 끌어내 앉혔다. 화로에는 살갗을 지질 인두가 벌겋게 타들어 갔고 곤장은 무게와 길이를 달리하여 다섯 개가 가지런했다. 관원이 소곤부터 휘둘러 내 등짝을 내리쳤다.

"이실직고하라!"

무엇을? 죄목을 알려 달라며 고개를 들자, 치도곤과 대곤이 연이어 무릎을 때렸다. 관원이 고쳐 물었다.

"누구누구와 역모를 꾀하였느냐?"

역모! 두 글자가 가슴을 찔렀다. 단순히 죄를 따지는 문초가 아니다. 대장군과 혁명 동지들을 모조리 역모로 묶어 참하려는 거대하고 더러운 음모다. 나를 대역 죄인으로 몰아갈 정도라면, 대장군과 왕성의 대신들도 위험하다. 벌써 몇몇은 당하였는지도, 나처럼 당하고 있는지도 모른다. 오늘 밤의 빛깔은 붉다.

"그런 적 없다."

인두가 옆구리와 어깨를 지졌다. 비명이 터져 나왔다. 바닥에 모로 쓰러져 뒹굴었다. 인두가 지글지글 따라오며 목과 얼굴을 노렸다. 소금 맞은 지렁이처럼 버둥거렸다. 소곤을 든 관원이 발바닥으로 내 이마를 지그시 눌렀다. 죽음의 압박이 가중되었다. 위협이 아니라 정말 나를 달걀 부수듯 으깰 수도 있겠다는 생각이 놈의 발바닥에서 전해졌다. 느긋한 여유가 더 두려웠다. 겨우 물음 하나를 처음으로 던졌다.

"정 시중도 네놈들이 온 것을 아느냐?"

관원이 비웃음을 흘렸다.

"금상께서 정 시중을 스승으로 받들며, 조정 대소사를 모두 의논하신다는 것을 그대만 모르는가?"

다른 관원이 받았다.

"탄핵 상소는 간관들이 나섰으나 그 뒤엔 당연히 정 시중이 계시다 들었네."

매타작이 이어졌다. 정몽주가 연루되지 않은 방향들을 고려했으나 불가능에 가까웠다. 대장군이 해주에 머무는 이상, 조정 중론을 장악한 이는 수문하시중 정몽주다. 정몽주 몰래 정도전을 죽이려 든다? 상상하기 힘든 모험이다.

"마지막이다. 모르쇠로 일관하면 용서하지 않겠다. 언제부터 왕을 참하고 이성계를 보위에 앉힐 모략을 꾸몄느냐?"

침묵했다. 누가 누구를 벌하고 용서한단 말인가. 무슨 말을 하더라도 놈들은 내 목숨을 앗을 것이다. 정도전의 수급(首級)을 소금에 절여 왕성으로 가져가서 정몽주에게 보이고 큰 상을 받아 내기 위해 한달음에 내려온 것이다.

관원이 소곤을 버리고 장검을 뽑아 들었다. 나는 눈을 뜨고 칼날을 노렸다. 아, 이건 개죽음이다! 울분이 끓어올랐다. 관원은 한 걸음 다가서며 비웃듯 물었다.

"남길 말은 없느냐?"

관원의 얼굴에 정몽주가 겹쳤다. 선물로 보냈던 문방사

우는 나를 안심시키고 뒤통수를 갈기기 위한 미끼였는가. 언제부터 이런 잔꾀를 부렸는가. 유언 따윌 남겨서 무얼 한단 말인가. 말로는 설명할 것도 바꿀 것도 없다. 더 조심하고 더 의심하지 않은 날들이 후회될 뿐!

어금니를 꽉 다물었으나 배신감에 양 볼은 물론이고 얼굴 전체가 떨렸다. 삶 전체가 한꺼번에 무너져 내렸다. 어리석고 어리석다.

포은 형님!

뭣하는 짓입니까?

이것이 당신을 믿고 지켜 준 나에 대한 보답입니까?

세상 사람들이 모두 손바닥을 뒤집어도 당신만은 이따위 짓을 꾸미지 않으리라 믿었습니다. 우리가 평생 쌓아 온 우정의 탑과 혁명의 성을 한순간에 무너뜨릴 수 있는 겁니까? 당신 곁에 어리석고 흐린 무리가 모여든다는 소식은 일찍부터 들었습니다. 고려를 지키자는 그 잘난 명분에 현혹된 것입니까? 작년 9월 봉화로 내려오고 나주로 이배되었다가 다시 봉화를 거쳐 영주로 옮긴 지금까지 왕성의 대소사에 내가 전혀 관여하지 않았음을 당신도 알지 않습니까? 나를 옥에 가두고 따져 물을 것이 무엇이 있겠습니까?

질문이 이어질수록 피비린내가 진동합니다. 당신께 이

런 한심한 질문들을 던질 날이 올 줄은 몰랐습니다. 그간의 사정은 알고 싶지도 않고 알 필요도 없습니다. 오늘 내게 온 어명이, 또 바로 앞에서 나를 문초하는 자들의 언행이 모든 것을 말해 주니까요. 결국 정도전의 잘린 머리를 원합니까? 이 아우의 목을 베고 낙마하여 치료 중인 대장군까지 급습하여 죽인 후 이 나라를 꿀꺽 삼키려고요? 억울하고 부끄럽습니다, 당신 같은 소인배를 형님으로 모시고 평생을 살아온 내가. 당신은 오늘 이 배신을 누구에게도 전가할 수 없습니다. 변명 따윈 지껄일 생각도 마십시오. 당신은 이 모든 악행의 벌을 오롯이 홀로 받게 될 겁니다. 머리가 깨지고 사지가 잘리고 오장이 찢겨 흐르고 눈과 혀가 뽑히고 어깨뼈가 부서지고 무릎뼈가 돌아가고 옆구리에 장창을 꽂은 채 벌거숭이 맨발로 왕성을 기면서 용서를 구할 날이 반드시 올 겁니다. 당신을 용서할 이는 없습니다. 당신을 구할 이도 없습니다.

눈물이 흘렀다. 두려움의 눈물은 결코 아니었다. 가슴에 혁명의 칼 한 자루 품을 때부터 죽음과 말벗하였다. 불제자들이 떠드는 내세의 인연은 상상한 적이 없다. 출생에 두려움이 섞일 구석이 없듯 죽음도 마찬가지다. 슬픔에 젖어 나 하나의 생사로 작아지지 않으리. 내게는 현세만이 전부이며 저세상과 귀신의 일은 따져 만들 고민거리가 아니다. 끝까지 세상을 또릿또릿 응시하는 눈동자만이 선명한데, 도대체 이 눈물은 어디서부터 오는 것일까. 혁명을 그르친다면 그 실패가 어디서부터 비롯될까 가늠한 적은 있었다. 배신이 가장 경계할 부분이긴 했다. 그러나 재고할 명단엔 포은 정몽주는 없었다.

관원은 손잡이를 고쳐 쥐며 내 뺨을 노렸다. 역적 정도전은 죄를 모두 토설한 뒤 참회의 눈물 두 줄기를 흘리곤 죽었다고 보고할 작정인 듯했다. 믿는 도끼에 제대로 찍힌 발등이었다. 내가 과연 정몽주와 사귀었던가. 함께 읽었던 서책이 무엇이고 함께 들었던 노래가 무엇이고 함께 썼던 시가 무엇이고 함께 걸었던 길이 무엇이란 말인가. 단 한순간도 정몽주가 나를 이렇게 취급할 줄 몰랐다. 내가 진심이라고 믿었던 것 전부가 그의 가면이었을까. 되짚고 또 되짚어도 탈의 흔적은 전혀 없다.

목을 향해 내려오던 장검이 바닥으로 떨어졌다. 관원의 팔뚝에 단검이 박힌 것이다. 뒤이어 두 장정이 옥으로 뛰어들었다. 이매와 망량이었다. 나는 속히 명했다.

"죽이지 마라!"

어명을 받들고 내려온 관원을 해칠 수는 없었다. 이매와 망량이 그들을 제압하여 묶었다. 이매가 나를 부축했다.

"죄송합니다. 늦었습니다."

망량이 또 부축했다.

"나가시지요."

"어딜 간단 말이냐?"

"안전한 곳으로 피하셔야 합니다. 저희가 뫼시겠습니다."

"정도전을 보주 감옥에 가두고 문초하라는 어명이 내렸어. 난 이 옥을 나갈 수 없다."

다시 옥으로 들어갔다. 뼈마디가 끊어질 듯 쑤시고 살점이 송곳으로 찌르듯 아팠지만 문방사우를 들여오게 했다. 이매가 먹을 갈고 망량이 종이를 펴고 붓을 올려 두었다.

"이번에는 대감의 판단이 잘못되셨습니다."

"정도전, 조준은 악의 근원이니 결코 살려 둘 수 없다고 했답니다."

붓을 들며 물었다.

"목숨을 잃은 사람은?"

"저희가 내려올 때까진 없었습니다. 하지만 음흉한 놈들입니다. 옥에 가두라는 명을 받고 내려와선 문초를 한답시고 험하게 다뤄 대감 목숨을 앗으려 한 겁니다. 젊은 간관들을 앞세웠지만 포은이 원한 겁니다."

"포은을 죽여야 합니다."

침착하고 신중한 이매와 망량이 같은 주장을 폈다. 그만큼 상황이 급박하다.

"대장군께선?"

"해주를 떠나 벽란도로 움직이셨습니다."

대장군까지 왕성에 더 가까이 옮겼다. 폭풍 전야!

"간관의 상소에 대하여 대장군이 따로 말씀이 있으셨는
가?"

"아닙니다."

"포은에 대해선?"

"조정의 대소사를 관장하는 수문하시중이므로 예의를
다하라 하셨습니다. 저희는 대감을 보주 감옥에 가두라는
어명이 내렸다는 소식을 듣고 곧바로 내려왔기 때문에, 그
후 대장군께서 어떻게 입장이 바뀌셨는지 알지 못합니다."

가장 서두르는 이는 나 정도전이었고, 그다음이 포은 정
몽주였으며, 대장군 이성계는 나와 포은이 한참을 앞서 달
려 그 등이 손바닥만 할 때까지 기다린 뒤에야 첫걸음을
뗄 만큼 신중했다. 한 번 정하면 호랑이지만 그 전엔 느리
디느린 자라처럼 굴었다. 대장군은 이번에도 최대한 시간
을 늦추려 할 것이다. 포은이 직접 비수를 꺼내 목에 갖다
대기 전까진 벗을 믿으려 할 것이다.

장군!

이번만은 그리하시면 아니 됩니다. 상대는 어리석은 홍

건적이나 겁 많은 여진족 혹은 재물에만 눈이 먼 왜구가 아니라, 지략을 갖추고 때를 알며 타인의 마음을 자신의 것으로 취하는 수문하시중 정몽주입니다. 아군이라면 천하를 얻은 듯 든든하지만 적군이라면 아무리 경계해도 두렵고 위험한 사람.

"아!"

탄식이 나왔다. 깨달음이 아팠다. 이방원이 이런 심정으로 포은을 베고 싶었던 것이구나. 서둘러야 했다.

이방원에게 보내는 세 번째 서찰을 썼다. 앞의 두 서찰보다 지극히 짧았으며 원하는 방향도 정반대였다. 균열이었다. 파탄의 시작이었다. 가장 쓰기 싫은 문장까지 더하여, 이매에게 퇴고 없이 넘긴 서찰을 아래에 옮겨 둔다.

대장군을 반드시 지켜야만 하네. 포은과 그를 따르는 불측한 무리가 대장군과 대신들을 해치려 든다면, 자네 뜻대로 하게. 지금 해주와 왕성은 삼성(參星)과 상성(商星)*처럼 멀고 아득하다네. 당장 대장군을 모시고 왕성으로 들어가도록 해. 대장군이 입성하셔야 왕실과 조정은 물론 백성의 민심까지 두루 살펴 올바른 판단을 내리실 수 있어. 서두르게.

---

* 동쪽과 서쪽으로 멀리 떨어져 있어 만나지 못하는 별.

이매가 왕성을 향해 떠난 뒤에야 남은 종이에 일기를 쓰기 시작했다. 거친 문장이라도 끼적이지 않고는 모멸의 시간을 견디기 어려웠다. 손에 힘이 빠져 제멋대로 뻗고 뭉치는 획들, 이 못난 놈들이 시커멓게 타 버린 내 마음 같다. 인간은 괴물이 될 수 있다.

전황을 바꿀 단 한 수를 서찰에 적어 이방원에게 보냈다. 너무 늦지 않았기를. 왕성 밖에 머문다면, 왕을 겹겹이 포위한 채 어명을 내리는 포은을 당할 재간이 없다. 지금 해주에서 왕성으로의 귀환은 또 하나의 위화도회군이다. 첫 회군은 대장군이 이 나라 병력 대부분을 이끌었기에 한없이 느려도 자신감이 넘쳐흘렀다. 그러나 이번엔 대장군의 호위장졸 100여 명이 전부다. 왕성은 물론이고 지방을 지키는 주요 장수들이 모두 대장군의 사람이지만, 그들을 불러 모을 시간이 없다. 바람보다 빠르게 움직여야 했다. 변수는 대장군이다. 그는 말을 타고 질주하지 못한다. 아무리 빨리 왕성으로 돌아간다 해도, 대장군의 회복이 더디면, 끝내 예전의 모습을 보이지 못한다면, 회군은 실패다. 적군과 맞서지도 못하고 대패하는 꼴이다. 쓸 말이 산더미인데도, 분노와 슬픔이 파도에 파도를 더하듯 덮쳐 오는데도, 눈꺼풀이 내려온다. 인두에 지져진 살갗이 송곳으로 찌르듯 아프다. 눈꺼풀이 내려온다. 곤에 맞아 부어오른 어깨와 등과 무릎이 떨어질 듯 서걱거린다. 눈꺼풀이 내려온다. 잠은 울분보다도 고통보다도 더 강한가. 과연 그런가. 이 마당에 잠으로 빠져들어 평온해도 되는가.

17장

인생의 퇴고

◉ 4월 갑인일*

◎ 대장군 이성계가 왕성에 머물렀다.

이방원이 아침상을 들이기 전부터 와서 물었다.

"형세가 매우 급박합니다. 어찌할까요?"

대장군이 천천히 답했다.

"죽고 사는 것은 운명이다. 800살을 넘게 산 팽조(彭祖)를 꿈꾸지도 말고 열아홉 살도 미치지 못하고 죽은 상자(殤子)를 두려워할 까닭도 없지. 순순히 받아들일 따름이다. 경거망동하지 마라."

이방원은 정도전이 보낸 서찰을 꺼내 놓았다. 대장군이 서찰을 읽을 때까지 기다렸다가 이방원이 말했다.

---

* 1392년 4월 3일.

"조준, 남은 대감 등도 같은 뜻입니다. 말씀만 하십시오. 당장 달려가서 정몽주의 목을 베겠습니다."

대장군이 꾸짖었다.

"백면서생이 아니라 한 나라의 수문하시중이다. 어명이 내리지도 않았는데 어찌 사사로이 대신을 벤단 말인가?"

"영주에서도……."

"과연 지금이 부득이한 경우인가? 정도전 이하 대신들이 원배를 당했을 뿐이다. 며칠 더 상황을 살펴도 늦지 않아."

아침을 먹고 이방원이 다시 왔으나 대장군은 만나 주지 않았다.

대장군이 둘째 아들 방과, 아우 이화의 사위인 이제 그리고 황희석, 조규 등을 궁으로 보내 대간의 상소가 부당함을 아뢰도록 했다.

◎ 왕이 왕성에 머물렀다.

대장군이 지난밤 왕성으로 돌아왔다는 소식을 듣고, 왕이 급히 정몽주를 불렀다. 대장군이 보낸 방과, 이제, 황희석, 조규 등이 정몽주보다 먼저 궁에 도착했다. 방과가 아뢰었다.

"대장군께서 이리 청하라 하였사옵니다. '간관들은 조준이 흥국사에서 새 왕을 옹립할 의논을 할 때에 전하를 왕으로 세우는 것에 반대하고 다른 왕족을 세우려고 했으며, 그런 조준을 신이 만류하였다고 적었사옵니다. 그러나 흥국사에선 그와 같은 의논을 한 적이 없사옵니다. 조준이 다른 왕족을 세우려 한다는 것을 들은 이가 누구이며, 또 신이 조준을 만류하는 것을 들은 이가 누구이옵니까? 청하옵건대 조준 등을 불러 간관과 더불어 조정에서 옳고 그름을 가리도록 허락하여 주시오소서.'"

왕은 답하지 않았다. 그들이 대전을 나가자마자 정몽주가 들어왔다. 왕이 급히 정몽주에게 물었다.

"대장군의 부상이 심각하다 하지 않았소? 그런데 이렇게 돌아왔으니, 어찌해야 하겠소? 대장군이 방금 둘째 아들까지 보내 조준을 귀양 보내지 말고 조정에서 변론할 기회를 달라 청하였다오. 정도전, 조준, 남은 등 대장군을 따르는 대신들을 원배시키는 것을 며칠 늦춰야만 했소. 대장군과 의논을 한 후에 처결을 했어야 한단 말이오."

"심려 마시오소서. 나라법에 따라 죄 있는 신하에게 벌을 내린 것이옵니다. 그것도 지난날 공을 감안하여 형을 감하였사옵니다."

왕이 겁에 질려 말했다.

"나라법 운운하지 마시오. 신우와 신창을 폐한 것도, 과인이 이 자리에 앉은 것도 나라법에 의한 것은 아니지 않소? 대장군과 경과 정도전 등이 뜻을 모아 왕을 옹립하기도 하고 폐하기도 하지 않았소? 신우와 신창처럼 과인 역시, 그대들이 뜻만 모은다면 언제든 폐할 수도 있지 않소?"

"아니옵니다. 신우나 신창의 패악을 어찌 전하에게 비길 수 있겠나이까? 대장군과 신도 전하의 신하이옵니다."

"그렇지 않소. 이런 날이 올까 두려워 과인은 이 자리에 오르려고 하지 않았던 것이오. 수문하시중! 경에게 대장군과 맞설 병졸이라도 있소?"

"신은 무장이 아니옵니다."

"하면 오늘이라도 당장 대장군이 경을 잡으러 오면 어찌하겠소? 권세를 쥔 무신들이 길거리에서 마음에 들지 않는 문신들을 도륙한 일이 어디 한두 번이었소? 과인은 두렵소."

"두려워 마시오소서. 한 나라의 왕이 인(仁)을 좋아하면 천하무적이라 하였사옵니다. 그들과 대장군은 다르옵니다."

"무엇이 다르단 게요?"

"대장군은 전투에서 필승의 계책을 마련하고 적진을 비성(飛星)처럼 질주하는 용맹함을 갖췄을 뿐만 아니라, 민심을 헤아려 옳은 것과 그른 것, 급히 할 것과 천천히 미룰 것을 판단할 줄 아옵니다. 위화도에서 돌아올 때도 속보가 아니라 가장 느린 완보로 민심을 다독이지 않았사옵니까? 최영도 즉시 참하지 않고 원배를 보낸 후 훗날 그 목숨을 취하였나이다. 어제 전하의 하명을 전해 들었다고 해도, 간관이 왜 그들을 탄핵하였고 또 전하께서 그들의 청을 받아들이셨는지, 대장군은 먼저 자초지종을 살필 것이옵니다. 어심을 편히 하시오소서."

"그래도 야밤에 급히 돌아온 것은 아무래도 어제의 결정을 못마땅하게 여긴다는 증거가 아니겠소?"

"근일 신이 대장군을 만나 보겠습니다."

"만나 보겠다? 문병이라도 가겠다는 것이오? 위험천만한 일이오. 가지 마시오."

"해주는 왕성 밖이라 문병을 나서기 어려웠사오나, 이제 왕성으로 돌아왔으니 문병하는 것이 당연한 일이옵니다. 지난날 신이 대장군의 종사관으로 북삼도에 머물 때, 돌림병이 들어 사흘 낮, 사흘 밤 사경을 헤맨 적이 있사옵니다. 대장군이 잠도 자지 않고 곁에 머물며 지극정성으로 간병하여 신이 회복하였나이다."

"알겠소. 경이 알아서 하도록 하오. 과인은 따로 대장군에게 사람을 보내 환영의 뜻을 전하도록 하리다."

왕이 대장군의 집으로 환관을 보내 백은 1정과 사포, 나환 한 필 씩을 내렸다.

◎ 정몽주가 저물 무렵 찾아온 김진양과 이숭인을 만났다.

처음에는 만나지 않겠다고 하다가, 거듭 청하자 마지못해 대문을 열어 주었다. 마주 보며 앉자마자 이숭인이 따져 물었다.

"내일 대장군에게 병문안을 가신다고 들었습니다. 사실인지요?"

"그러하네."

"아니 됩니다. 왜 스스로 호랑이 굴로 들어가시려 합니까?"

정몽주가 담담하게 답했다.

"대장군이 왕성으로 무사 귀환하였네. 왕성 전체가 호랑이 굴이 된 셈이지."

김진양이 말했다.

"장정을 모아서 지켜 드리겠습니다."

정몽주가 꾸짖었다.

"자넨 간관이지 장수가 아닐세. 자네가 100명 혹은 200명 장정을 모은들 동북면에서부터 대장군과 생사고락을 같이한 저 강병을 당해 낼 듯싶은가. 아까운 목숨만 버리는 짓이야. 그만두게."

"대감!"

"내가 가서 대장군을 만나겠네."

"안 됩니다. 저들이 목숨을 노릴 겁니다."

정몽주가 소리 내어 웃었다.

"내 목숨을 취할 작정이면 왕궁으로 들어오면서 벌써 들이닥쳤을 걸세. 지금으로선 이게 최선이야. 그리고 다신 내 집에 출입하지 말게. 자네는 간관의 업무만 충실하면 돼. 그럼 아무 일 없을 걸세. 이만 돌아가게."

이숭인이 눈물을 보였다.

"형님! 대장군이 스스로 조정에 나올 때까지 기다리시지요. 내일 당장 병문안을 가지 않는다고 형님을 손가락질할 사람은 없습니다. 잠시 시간을 벌면서 따로 사람을 보내 대장군의 동정을 살피십시오. 꼭 대장군에서 소식을 전해야 한다면 서찰을 쓰십시오. 초를 잡으시면 제가 정서해 드리겠습니다."

정몽주가 이숭인의 손을 쥐었다.

"부탁 하나만 함세. 내일은 목은 선생 댁에 가서 머무르도록 하게. 놀라시지 않도록 자네가 잘 설명드렸으면 해. 대장군이 돌아오긴 했으나 큰 문제는 없을 것이라고 말이야. 대장군 병문안을 마치고 나면 나도 목은 선생 댁으로 가겠네. 모시고 저녁을 먹도록 하세나. 그동안 보지 못한 자네의 새로 쓴 시들도 감상하고 말이야. 내 시를 기대하진 말게. 이것저것 일이 많아서 홍몽(鴻濛)한 시흥(詩興)에 젖을 틈이 없었다네. 울지 말게. 괜찮아. 아무 일 없을 걸세."

"형님! 마을은 멉니다. 길은 험합니다. 해는 저물었습니다. 눈만 퍼붓습니다."

김진양과 이숭인이 거듭 설득했으나 정몽주는 받아들이지 않았다.

◎ 이방원이 대장군의 동생 이화와 사위 이제, 둘째 형 방과 등과 정몽주를 제거할 모의를 하였다. 참석자들이 대장군의 허락을 받았느냐고 묻자, 이방원이 좌중을 둘러본 후 답했다.

"대장군께서는 부상이 깊어 아직 형세를 판단하기 어려우십니다. 완쾌되실 때까지 시일을 늦췄다가는, 저 요망스러운 정몽주가 잔꾀를 부려 대장군과 우리를 모함하여 없애려 들 겁니다. 당장 움직여야 합니다. 제게 맡겨 주십시오."

이방원이 곧장 이두란을 찾아가서 의논하니 이두란이 거절하였다.

"대장군께서 모르는 일은 할 수 없소이다."

이방원은 휘하의 조영규, 조영무, 고여, 이부 등을 준비시켰다.

◎ 변중량이 늦은 밤 정몽주의 집으로 찾아와서 만나기를 청했다. 그는 대장군의 형인 이원계의 사위로 정몽주 문하에서 시와 문을 익혔다. 국화차 한 잔을 놓고 마주 앉자마자 변중량이 다급하게 말했다.

"피하셔야 합니다. 대장군의 다섯째 아들이 움직이려 합니다."

"천천히 들게. 이방원은 언제나 날 미워했지."

"제 장인께 들은 이야기입니다. 대장군을 제외한 친족들과 의논을 마쳤답니다. 휘하 장정이 내일 도당으로 수문하시중을 죽이러 갈 거랍니다."

정몽주가 은근히 웃었다.

"도당으로 와서 감히 나를 죽여? 허풍이 지나치군. 지금까지 도당에서 시중을 해친 일은 없네."

"허풍이 아닙니다. 이방원은 이미 칼을 뽑았습니다."

웃음을 그치고 물었다.

"대장군도 허락한 일인가?"

"아닙니다. 대장군께선 모르십니다."

차를 한 모금 마신 뒤 말했다.

"고맙네. 내가 알아서 함세."

변중량은 정몽주의 인사를 다른 뜻으로 받아들였다.

"잘 생각하셨습니다. 며칠 왕성을 떠나 계시면, 제가 상황을 봐서 다시 말씀을 올리겠습니다."

정몽주는 변중량을 대문 밖까지 배웅했다. 다음에 만나면 『시경』을 이어서 강독하기로 하고 헤어졌다.

허락되지 않았을지도 모르는 날의 시작이다.

망량이 내내 곁에 머물렀다. 전혀 다른 외모지만 나는 그를 이매라고도 불렀다. 곤장을 맞고 인두질을 당한 탓일까. 이명이 심하고 귀가 먹먹했다. 비명을 지르며 깼다. 검은 옷을 입고 철퇴를 든 사내들이 몰려와서 나를 에워쌌다. 입이 찢어져라 웃었지만 그 소린 들리지 않았다. 달아나려는 내 앞을 막아선 사내는 놀랍게도 포은이었다. 그는 내 머리를 향해 철퇴를 휘둘렀다. 다른 사내들도 합세하여 철퇴를 휘두르고 또 휘둘렀다. 피가 튀고 살이 찢겼다. 살려 달라, 도와 달라 애원하고 싶었지만 말이 나오지 않았다. 입술을 열고 혀를 굴려도, 그들의 웃음처럼, 내 비명과 신음에는 소리가 없었다.

잠은 죽음의 연습이라고 했던가. 매일 잠을 청할 때, 혹은 잠들지 않으려고 버틸 때, 나는 죽음의 문지방을 오갔다. 잠에서 깨어날 때 이것이 끝이 아니며, 따라서 또 다른 연습이 가능하다는 사실에 안심했다.

"꿈은 반대라고 하지 않습니까?

망량의 목소리를 듣고도 여전히 이매와 구별하기 어려웠다. 구별하기 어려운 것은 이매와 망량뿐만이 아니다. 한 입으로 두말하고도 지탄받지 않는 멀쩡한 이가 누구인가. 군왕이다. 백성과 관리들은 말 한 마디 잘못했다 하여 옥에 가두고 귀양을 보내고 때론 죽이지만, 왕은 말을 바꿔도 된다. 착각이나 실수였다 둘러대도 된다. 그래서 나는 왕을 믿지 않는 것이다. 그 왕이 요나 순이라고 해도, 그들은 한 입으로 두말을 한다. 그 때문에 누군가 지독한 상처를 입는다. 바로 오늘 나처럼.

"서찰을 이방원에게 보내셨으니 곧 끝날 겁니다. 진작 그리하셨어야 합니다. 아직도 화가 많이 나신 듯합니다. 배신감이 깊은 줄은 압니다만."

"포은 때문만은 아닐세."

"그럼?"

"이방원이 포은을 해치면 혁명의 완성은 더욱 더딜 것이야. 어쩌면 영원히 실패할지도 몰라. 포은과 내가 함께 법과 제도를 만들어 공표한다 해도 10년은 족히 걸릴 일이니까. 한데 포은이 없다면, 이 일은 20년 혹은 그 이상이 필요하지. 포은을 다른 사람으로 대체하긴 어렵네. 조준은 경제에만 밝을 뿐이고 하륜은 지리에만 조금 뛰어나며 윤소종은 공맹의 말씀을 깊고 넓게 해석하는 솜씨는 탁월하나 백성의 처절한 고통을 어루만지는 데까진 이르지 못했네. 남은은 배짱이 두둑하지만 정밀하지 못하고 남재 역시 마찬가질세. 포은밖에 없어. 혁명의 완성을 못 보고 임종을 맞는다면, 그보다 억울한 일이 있을까. 그를 위해서가 아니라 바로 나를 위해서 포은이 필요한데, 그를 꼭 죽이라는 서찰을 띄울 수밖에 없는 지금 이 상황을 참기 힘들군. 결말을 바꾸지 못하고 차디찬 감옥에 누워 있는 꼴이 한심해서 견디기 어려워. 대장군과 포은이 서로의 집을 내왕하며 화평하게 지내고 또 금상과도 아무런 문제가 없다 하여 마음을 놓았던 게 잘못이었어. 어떻게든 왕성으로 서둘러 올라가서, 포은과 그 무리가 딴마음을 먹지 못하도록 막았어야 했네. 내 잘못이야. 내 잘못!"

"어찌 그것이 대감의 잘못이겠습니까? 헤아리기 어려운 것이 한 길 사람 속입니다."

"괴물을 자처해야 했어. 스승을 죽이고 벗을 죽인 살인귀가 내 몫이었네."

"지금까지도 남들이 꺼리는 선봉을 자임하셨습니다."

"최영을 참한 뒤 대장군이 그랬다네. 이제 사람은 그만 죽이자고. 신우와 신창을 없앤 뒤 포은이 그랬다네. 이 피가 마지막이어야 한다고. 더 갔어야 했네. 딴마음을 먹지 못하도록 외길을 달려야 했어."

"대장군을 함주에서 뵌 뒤론 질주의 나날이었습니다. 잠을 아껴 혁명을 준비하셨죠."

"내가 끝까지 맡았어야 했어. 그들을 믿고 왕성을 떠난 게 후회스럽군. 물러나거나 제자리에 멈추느니 차라리 자결하겠다고 협박할 일이었네. 오호라! 외론 섬을 비추는 해와 같은 붉은 마음이 이렇듯 속절없이 먹구름에 가릴 줄이야."

"이방원이 해낼 겁니다."

"그가 괴물이 되는 게 옳을까? 한 번 피를 본 자는 그 맛을 영영 잊지 못하지. 우린 끝이길 원하지만 이방원은 이제 시작이라고 여길지도 몰라. 대장군과 내 손을 벗어난 야생마로다."

"그래도 포은의 책동만은 막아야 합니다."

"어쩌다가 우리의 앞날을 스물여섯 살 젊은이에게 맡기게 되었을까. 잘못되어도 한참 잘못되었어. 부끄러운 일이야."

"이토록 자신 없어 하시는 모습은 처음입니다."

이매와 망량을 나주에서 만났을 때 그들은 혁명을 바랐

다. 세상을 완전히 갈아엎지 않고는 백성의 행복이 오지 않을 것이라고 했다. 그리고 그들은 권했다. 함께 대의를 도모하자고. 내가 그들의 본거지인 나주로 귀양 온 것은 하늘의 뜻이라고. 만적처럼 어리석게 당하지는 않을 것이라고. 나는 거절했다.

9년 후 이매와 망량을 다시 만났다. 대칭군의 힘주 군영에서였다. 둘은 도깨비놀음을 멈추지 않았고, 여진의 추장들까지 포섭하여 고려를 무너뜨릴 길을 찾고 있었다. 그러다가 여진 추장들이 한꺼번에 대장군께 항복했고, 고려로부터 건너온 도적 떼가 은신하며 마을을 이룬 곳을 알렸다. 대장군은 기병을 이끌고 가서 이매와 망량을 포박하고 마을을 태워 없앴다. 해가 뜨면 목이 잘릴 그들을 만나서 물었다.

"9년 전과 달라진 것이 있는가?"

둘이 한목소리로 답했다.

"뜻을 펴지 못하고 죽게 되었으니 원통할 따름이오."

그들을 회유했다.

"죽고 사는 것은 참으로 큰 문제다. 너희가 의(義)를 위하여 혁명의 와중에 목숨을 바친다면 기꺼이 그리하라 할 것이다. 하지만 지금 너희의 죽음은 한낱 도깨비놀음을 즐기다가 사라지는 가볍디가벼운 것일 따름이다. 어찌 후회가 없겠는가. 내가 새 삶을 열어 준다면 나와 함께 대의를 도모하겠는가?"

"9년 전과 달라진 것이 있습니까?"

대장군과 함께 넷이서 술잔을 기울이는 것으로 답을 대신했다. 그때부터 이매와 망량은 풍산개처럼 충직하게 나를 따랐다.

"한 말씀 여쭤도 되겠는지요?"

나는 고개를 끄덕였다.

"이방원을 왜 그리 싫어하십니까? 대장군이 낙마한 후 다른 아들들은 당황하여 해주에 얼굴도 보이지 않았고 대신들 역시 용단을 내리지 못했습니다. 오직 이방원만이 포은의 동정을 살피고 따로 병졸의 동요를 막았습니다."

"그리고 내게 서찰을 보냈고 찾아왔지. 포은을 죽여도 좋겠느냐고. 농담 하나 들려줄까. 오래전에 대장군과 포은과 나 이렇게 셋이 술잔을 기울일 때 내가 한 말이라네. 지금부터 우리 셋 중 그 누구를 죽이자고 권하는 자가 있다면 그자는 우리 셋의 적이니 우선 베는 게 어떻겠습니까? 대장군도 포은도 미소로 동의했었지."

"이방원이 아니었다면 대감은 왕성 소식을 전혀 몰랐을 테고, 또 보주 감옥에서 무참히 목숨을 잃었을 겁니다."

"이방원에게 모든 걸 넘겨주란 뜻인가? 확실히 알려 줌세. 그럴 순 없어. 왜냐? 이방원은 대장군과 포은과 내가 왜 혁명을 일으켰는지 몰라. 그에게 권세를 주면 자기 배만 불리려 들 걸세. 이방원이 포은을 참한 뒤엔 화살이 누굴 향할까? 대장군의 절대적 신임을 받고 있으면서 포은에 대한 급습을 끝까지 막으려고 한 껄끄러운 상대, 바로 나 정도전이라네."

"대감! 이방원은 아직 대감과 견줄 바가 아닙니다."

"후후후. 다 그렇게 시작하는 거야. 처음부터 대장군이나 시중에 오르진 않아. 잔뜩 도사리며 도약을 준비하다가 어느 순간 거대한 적을 물어뜯는 걸세. 이기면 곧 그 적의 모든 것을 빼앗지. 한번 해볼 만한 싸움 아니겠는가."

망량이 조심스럽게 말했다.

"이매와 저는 오직 대감만을 따를 뿐입니다. 이방원을 치고자 하신다면 말씀해 주십시오."

다시 잠이 들었다. 또 어지러운 꿈들이 지나갔다. 잠깐잠깐 눈을 떴지만 이내 잊었다. 마지막 꿈만은 제법 길고 선명했다. 나귀를 탄 포은이 남문을 빠져나왔다. 기이하게도 거꾸로 나귀에 앉아서 손을 흔들었다. 성루에 선 내가 잠시만 기다리라며 소리쳤지만 포은은 멈추지 않고 점점 멀어졌다.

새벽에 왕성에서 관원 둘이 왔다. 망량이 그들의 무기를 빼앗은 뒤 내 앞에 데려왔다. 그들이 교지를 꺼냈다.

정도전을 광주로 유배시키도록 하라!

그리고 포은의 서찰을 따로 건넸다. 나는 그 서찰을 한동안 쥐곤 고개를 들었다.

지금, 판이 어떻게 돌아가고 있는 것인가. 포은이 나를 보주에 가두고 문초하여 죽이라는 명령을 내렸다면, 이 서찰은 망자(亡者)를 향한 제문인가. 눈에는 눈, 이에는 이. 나는 이미 내 목숨을 앗으려는 포은과 그 일당을 응징하라는 서찰을 이방원에게 띄웠다. 더 이상 내게 올 서찰도 내가 읽을 서찰도 없어야 한다. 그런데 내 손에 들어온 이 문장들은 무엇을 또 가리키고 주장하는가. 울분과 안타까움 속에 정리한 판을 단번에 뒤집으려 드는가.

흔들리는 횃불 아래에서 펼쳐 읽었다. 읽지 않을 도리가 없었다. 반박이라면 반박을, 핑계라면 핑계를 살핀 후에 대처할 길을 찾을 것. 그러나 길이 남아 있을까. 늦어도 너무 늦어 버린 것은 아닐까.

자네가 이 글을 무사히 보기를 빌고 또 빈다네.

며칠 동안 왕성에서 벌어진 일을 자세히 논하는 것은 후일을 기약하고, 다만 보주에서 자네가 당한 고통은 내 뜻이 아니었다는 것만 알아주게나. 부디 광주에서 심신을 편안히 한 후, 왕성에서 해후하여 300잔 술로 회포를 풀도록 하세. 대장군이 해주에서 벽란도로 옮겼다고 하니 내 곧 찾아가서 문병할 예정이야. 자네까지 합석하면 더할 나위 없이 좋겠지만, 길이 너무 멀고 험하니 자넬 위한 잔은 따로 아껴 둠세. 성균관에 들어 딱 1년만 함께 머리를 맞댄다면 풀지 못할 문제가 없겠건만, 세월은 속절없이 흐르고 사람도, 말도, 글도 어지럽고 또 어지럽네. 불만이 있거들랑 이 못난 형을 탓하게나. 자네에게 죽비 맞을 각오를 날마다 한다네. 또 쓰겠네.

급히 써 내려간 획과 점에 포은의 다급한 심정이 담겨 흘렀다. 단어들이 수면으로 튀어나온 바위에 걸려 뒤집히고 꺾이고 부서졌다. 눈을 질끈 감았다가 다시 뜨곤 단어들의 출렁임을 가라앉혔다. 서찰을 받아 쥔 순간 밀어닥친 느낌 그대로였다. 이 문장에서 계속 소용돌이를 쳤다. '다만 보주에서 자네가 당한 고통은 내 뜻이 아니었다는 것만 알아주게나.'

포은의 뜻이 아니라면 누가 나 정도전을 하옥하여 죽이라고 했단 말인가. 금상이 도당과 의논도 없이 영주까지 관원들을 내려 보냈다? 불가능하다. 조정의 모든 일을 포은에게 떠맡기다시피 하지 않았는가. 이토록 빨리 보주에 포은의 서찰이 닿은 것은, 이 문장대로 포은의 뜻이 아니었다고 할지라도, 나를 죽이려고 움직인 자들이 포은 곁에 있고 또 포은에게 나를 보주에 가둔 사실을 알렸다는 뜻이다. 이매와 망량이 보주 감옥으로 찾아들지 않았다면 나는 이미 죽었을 테고, 그렇다면 이 서찰도 내 시신 위에나 던져졌을 따름이리라. 즉 나를 죽이려고 한 자들이 내 목숨을 앗을 만큼 충분히 시간을 번 뒤에 포은에게 뒤늦은 보고를 했을지도 모른다. 그래서 포은은 이 서찰의 첫 문장을 이렇게 시작한 것이다. '자네가 이 글을 무사히 보기를 빌고 또 빈다네.'

한산부원군인가? 작년에 그의 목을 베야 한다는 상소를 올렸으니 앙심을 품을 만도 하다. 그러나 그는 평생 시문을 논하며 서책에 둘러싸여 살아온 학자다. 누군가를 은밀히 죽이라고, 애제자인 포은과 상의도 없이 수작을 부릴 위인은 못 된다. 혹시 도은 이숭인? 그 얼굴을 떠올리자마자 곧 생각에서 지웠다. 한산부원군보다도 더 여리고 여린, 벌레 하나도 허투루 죽이지 못하는 필객이다. 그다음부터는 얼굴들이 뭉텅뭉텅 떠올랐다가 사라진다. 포은을 따르는 이가 어디 한두 명인가. 김진양을 필두로 한 간관들, 또 성균관의 학관들, 궁중의 내관들 중에도 포은과 마주 앉아

차 한 잔 마시는 것만으로도 눈물을 쏟을 이들이 차고 넘친다. 그들 중 누구이겠지.

포은만 아니라면 누구라도 상관없다. 내게 칼을 겨눈 자를 색출하는 것은 지금 당장 중요하지 않다. 포은이 서찰을 보낸 까닭은 명백하다. 여기서 상황을 수습하자는 제안이다. 그가 내민 손을 잡을 것인가, 뿌리칠 것인가. 뿌리칠 것이라면 내가 할 일은 이미 마쳤다. 이방원에게 뜻대로 하라는 서찰을 보냈으니, 기다렸다가 이방원이 자신의 뜻을 어떻게 펼쳤는지를 확인하면 그만이다. 그러나 손을 잡기로 한다면, 불구덩이로 굴러 떨어지는 장작을 급히 붙들어야 한다.

망량에게 포은의 서찰을 넘겼다. 망량이 서찰을 읽는 동안 다시 따져 보았다. 금상의 즉위를 결정짓고 흥국사를 나오던 길에 나눈 대화가 떠올랐다.

"임시방편일 뿐입니다."

"아네."

그리고 잠시 처마에 매달린 풍경(風磬)을 쳐다보았다. 마침 소리가 울렸다. 청아했다.

"이 정도면 되었다고 지껄일 자들이 늘어날 겁니다. 여름 한철 매미들이 시끄러운 법이니까요."

포은이 빙긋 웃으며 걸음을 멈추고 내 얼굴을 돌아보며

답했다.

"바람을 쌓는 과정이라 여기도록 하게. 구만리 아득한 곳까지 올라가야 제대로 막힘없이 날개를 휘저어 날 것이 아닌가. 부디 붕(鵬)이 되시게나."

"형님이 하시지요."

"나는 자네가 마지막으로 딛고 올라서는 바람 한 줄기로 족하다네. 그래도 자네가 섭섭하다면, 북쪽 바다에 살면서 단 한 번도 수면 밖으로 나와 햇볕을 쐬지 않은, 그렇지만 그 모습이 바뀌어 붕(鵬)이 된 큰 물고기 곤(鯤)을 칭찬하는 시나 한 수 지어 주게나."

나는 그가 필요하다. 구만리 아득한 하늘 위 하늘까지 바람을 쌓으며 올라가야 거리낌 없이 날 수 있음을, 이것이야말로 우리가 바라는 혁명임을 아는 이가 또 누구란 말이냐. 누굴 죽입네 살립네 떠드는 자들은 마을 어귀만 떠돌아다니는 산까치일 따름이다. 왕성에서 무슨 일이 벌어졌는지는 모르겠지만, 나를 죽음에까지 내몬 것은 지나치다. 그는 죽비 맞을 각오를 이미 했다고 적었다. 그와 함께 구만리를 올라가기 위해선, 이 일 역시 하나의 바람으로 치부하고 발밑에 쌓아 두어야 한다. 나도 이제 충분히 붕(鵬)으로 날 준비가 되었음을 알릴 기회이기도 한다.

망량이 물었다.

"때늦은 변명 아닐까요?"

"포은은 목숨을 내놓을지라도 변명을 모르는 사람일세. 자네 급히 왕성에 다녀와야겠네."

나는 이방원에게 서찰을 쓰려다가 받는 이를 대장군으로 바꾸었다. 망량이 서찰을 품고 떠나기 전에 물었다.

"대장군께서 이 서찰을 읽으시고도 포은을 참하라 하면 어찌합니까?"

"그런 일은 없을 걸세."

나는 잠시 생각한 후 답했다.

"대장군이 포은을 참하는 일을 허락하지 않았는데도, 이 방원이 일을 꾸미려 들 땐, 이매와 힘을 합쳐 반드시 막도록 해."

"피를 흘려야 할지도 모릅니다."

최악의 경우를 묻는 것이다. 그 피엔 이방원의 것까지 포함됩니까. 최악을 가정하고 싶지 않았다.

"피를 흘리지 않도록 최선을 다하게나."

"알겠습니다."

망량을 보낸 후 광주로 떠나기 위해 채비를 했다. 곧장 보주를 떠나지 못하고 객사에서 신세를 졌다. 침을 맞고 약을 먹은 후 해가 질 때까지 죽은 듯 잤다. 번갯불 속을 단숨에 지나는 인생에서도 퇴고가 가능하다면, 어제 이방원에게 보낸 서찰을 거두고 싶었다. 어제의 옹졸하고 천박한 생각들이 꿈의 자락을 자르고 끼어들었다. 목숨이 위태로운 급박한 상황이었다고 해도, 오늘 이렇듯 찬찬히 따져볼 부분들을 어젠 왜 하지 못한 것일까. 세상 변화에 흔들림 없이, 할 일은 하고, 할 생각은 하고, 할 짓은 해야 하건만. 때늦은 후회였다.

이매가 왔다. 망량과 길이 엇갈린 것이다. 이방원의 답장을 받았다. 두 문장이 전부였다.

감사합니다. 뜻을 받들겠습니다.

정몽주 척살을 허락해 줘서 감사하단 인사다. 여백에 살기가 가득했다. 이매가 말했다.

"저도 포은을 척살하는 일에 동참하고 싶었으나, 행여 대감께 다른 밀명이라도 받았을까 의심하는 눈치였습니다."

급하지도 않은 서찰을 맡겨 왕성을 떠나도록 한 것이다. 이매가 보주에 왔다가 돌아가는 사이 포은을 해칠 작정이다. 바닥에 등을 대고 잠을 잘 겨를도 없었다.

"가자. 왕성으로!"

이매의 눈이 커졌다. 그리고 내 마음을 잘못 넘겨짚었다.

"대감까지 나서실 필요는 없습니다. 조영규를 비롯한 장정들이 이미 준비를 마쳤습니다. 포은의 무리를 없애는 데는 그들만으로도 충분합니다."

"단번에 가야 한다. 포은을 구해야 해."

두 겨드랑이에 날개라도 돋아나기를. 이매의 눈이 작고 날카로워졌다. 정몽주를 죽이러 가는 것이 아니라 살리러 간다! 그러나 더 이상 따져 묻지 않고 떠날 채비를 갖췄다. 나는 어려서부터 말을 탔고 또 대장군에게 직접 배우기도 했다. 하지만 이 몸으로 말을 모는 것은 무리였다. 이매에게 의지하여 가는 수밖에 없다. 망량은 통통했지만 이매는 가시나무처럼 말랐다. 생각이 착잡했다. 돌이킬 수 없는 일들이 계속 늘어난다. 스스로를 꾸짖는 것만으로 세상이 가득 차는 듯하다. 나는 아직 멀었다.

18장

갈림길

◉ 4월 을묘일*

◎ 대장군 이성계가 계속 왕성에 머물렀다.

정몽주가 홀로 문병을 왔다. 대장군이 이방원에게 가볍게 물었다.

"포은이 문병을 오리라고 내가 얘길 했었지? 그에 대한 괜한 오핸 풀도록 해라."

잠시 손님 맞을 준비를 하는 동안 이방원이 응대했다.

"한 말씀 여쭤도 되겠습니까?"

정몽주가 고개를 끄덕였다.

"왜 어려운 길로만 가려 하십니까? 창랑(滄浪)의 물 맑으면 갓끈을 씻고 창랑의 물 흐리면 발을 씻으시면 아니 되

---

* 1392년 4월 4일.

겠습니까?"

"지금껏 쉽고 어려움을 따진 적 없고, 물의 맑고 흐름에 따라 내 일을 바꾸진 않았으이. 오직 인(仁)과 의(義)를 따를 뿐일세."

이방원이 더 따져 물으려고 할 때 대장군이 문병객을 맞겠다는 뜻을 전했다. 대장군과 정몽주가 마주 앉고 이방원이 배석했다.

"낙마 소식을 듣고도 공무에 바빠 문병이 늦었습니다."

"별말씀을! 늙은이의 작은 실수로 나라에 큰 누를 끼쳤소이다. 전하께선 이런 노추에게 어제 따로 선물까지 내리시니 부끄럽고 또 부끄럽습니다."

"쾌차하셔야지요. 대장군께서 강건하셔야 이 나라가 강건합니다."

"과찬이십니다. 늙고 병들어 세자 저하를 호위하지도 못하였으니 이제 슬슬 물러나야지요. 나랏일이야 포은 같은 유능하고 맑은 신하들에게 맡기고 말입니다."

"아직 대장군께서 하실 일이 많습니다. 물러난다면야 제가 짐을 싸야지요. 다행히 재주 많고 충직한 젊은 신하들이 적지 않습니다."

"그렇습니까? 하면 우리 둘 다 이제 뒷방 신세인가요? 정도전이 그나마 젊으니, 적당한 때에 그를 불러올려 골치 아픈 일일랑 던져 주고 우리 둘이 나귀 두 마리를 타고 앞서거니 뒤서거니 산천 유람을 떠나면 어떻겠습니까?"

"좋습니다. 참으로 제 마음에 쏙 드는 말씀이십니다. 정도전의 귀가 꽤나 간지럽겠습니다."

대장군이 크게 웃으며 손을 뻗어 정몽주의 손을 쥐었다.

"이렇게 하십시다. 우리가 함께 정도전이 있는 광주로 가서, 꿩과 시를 선물한 뒤 나랏일을 왕창 넘겨주면 어떻겠소이까?"

"볼만하겠습니다. 정말 원통해하겠군요."

대장군이 회복된 후 정몽주의 집에서 술부터 마시기로 약속했다. 정몽주는 대장군의 쾌차를 비는 뜻에서 마지막으로 거문고를 연주했다. 대장군이 감탄하며 한 곡을 더 청하니, 정몽주가 「채미가(採薇歌)」를 연주하고 물러났다.

이방원이 대문 앞까지 배웅을 나왔다. 정도전의 마지막 서찰이 도착했다. 이방원은 그 서찰을 끝까지 읽은 뒤 대문을 닫고 들어왔다. 그리고 심복 조영규를 불렀다.

◎ 왕이 왕성에 머물렀다.

◎ 정몽주가 선지교에서 죽었다.

정몽주는 홀로 대장군의 사저로 문병을 갔다. 한담을 마치고 귀가하던 중 상가(喪家)에 들렀다. 함께 송악산 자락에서 즐겨 시를 읊었던 전 판개성부사 유원이 아파서 죽은 것이다. 문상을 마치고 나온 정몽주는 천천히 말을 몰아 화원(花園) 북쪽 집으로 향했다. 조영규가 철퇴를 들고 거리로 나왔다. 정몽주가 고개를 돌렸다. 뒤도 이미 장정들에게 막혔다. 정몽주가 꾸짖었다.

"썩 비키지 못할까! 대장군을 문병하고 가는 일이니라."

조영규가 오히려 한 걸음 다가섰다.

"저희도 대장군을 위해 이러는 것입니다요."

"방원이 맘대로 되진 않아. 천벌이 내릴 게다."

조영규가 달려들어 철퇴를 휘둘렀다. 정몽주는 조영규를 껑충 뛰어넘어 달아나려 했다. 뒤따라온 조영규가 철퇴로 말 머리를 내리쳤다. 말이 쓰러져 피를 토하며 버둥거렸다. 함께 나뒹군 정몽주가 급히 일어나서 선지교로 달아났다. 고여, 이부 등이 쫓아가서 정몽주를 넘어뜨리고 칼과 창과 철퇴로 난자하였다. 조영규가 소리쳤다.

"비켜! 목은 내 거야. 손대지 말라고."

대장군은 정몽주를 격살하였다는 소식을 듣고 진노하며 이방원을 꾸짖었다.

"어찌 한 나라의 대신을 길거리에 무참히 죽인단 말인

가? 아들인 네놈이 그와 같은 짓을 저질렀으니, 아비인 내가 미리 알지 못했음을 세상 그 누가 믿겠느냐? 네가 이런 식으로 불효를 저지를 줄은 몰랐느니라."

이방원이 지지 않고 답했다.

"아버지를 위하여 벌인 일입니다. 우리 집안을 몰살시키려던 간신을 죽인 겁니다. 그냥 앉아서 당할 수는 없지 않습니까? 정몽주가 흘린 피가 문제를 일으킨다면 소자가 모두 떠안겠습니다."

"어떻게 떠안겠다는 것이냐? 정몽주는 나라법에 따라 대소사를 처리하였다. 그를 정녕 도당에서 내보내고자 한다면 우리 역시 그 법을 따랐어야 해. 수문하시중을 사사로이 척살하였다는 오명이 평생 너와 나를 따라다닐 것이야. 이 피비린내를 어이 할까."

"정몽주가 아버지를 해칠 모의를 젊은 간관들과 하였다는 물증과 증인을 댈 수 있습니다. 그가 먼저 움직인 것이지 결코 소자가 도발한 것이 아닙니다. 새 세상을 만들기 위해 흘려야만 하는 피였습니다."

"전쟁터에서 적을 죽이는 것은 아비의 일이다. 나는 네가 등과하여 만백성을 살리는 일에 헌신하기를 바랐다. 천천히 덕을 쌓아 어진 정치인으로 성장할 기회를 스스로 걷어차 버린 게다."

"소자는 아버지를 위하여 더한 일도 할 수 있습니다."

"너를 위해서가 아니고?"

이방원이 접점을 찾지 못하는 대화를 서둘러 마쳤다.

"소자의 효심을 아버지가 헤아려 주실 날이 있을 것입니다. 지금은 정몽주의 잔당들이 창궐할 수도 있으니, 병졸을 모아 만일의 급무에 대비해야 합니다."

대장군이 긴 한숨을 쉰 뒤 황희석을 불러 정몽주의 죽음과 그 죄를 궁궐에 알렸다. 정몽주의 머리가 깃대 높이 꽂혔다. 간관을 꾀어 정도전 등 충량한 대신을 모함하고 나라를 어지럽혔다는 죄명이 그 아래 나붙었다.

정몽주의 사주를 받아 어심을 어지럽힌 죄로 김진양, 이숭인, 이확 등이 포박되어 유배를 떠났다. 이방원은 이들을 즉시 참형으로 다스리고자 했지만 대장군이 반대하였다.

"정몽주의 피로도 부족하더냐? 내가 살생을 좋아하지 않은 지 오래란 걸 너도 알지 않느냐?"

이방원이 물러서지 않고 다시 청했다.

"그럼 곤장으로 다스리겠습니다. 허락하여 주십시오."

"이미 유배형에 처했으니 다른 벌은 필요하지 않다. 그만 여기서 그쳐라!"

행로난 행로난(行路難 行路難)!*

갈림길들의 하루다. 쉼 없이 달리자 했지만 이매는 일곱 군데 역(驛)에서 멈췄다. 찢기고 터진 내 상처 탓이다. 정신을 수습하고 허리와 두 다리에 한껏 힘을 실었지만 자꾸 무너졌다. 이매가 붙들지 않았다면 말에서 대여섯 번은 떨어졌을 것이다. 억지로 밥을 먹었다가 죄다 토했다. 겨우 물 몇 모금에 배가 부르고 목까지 더운 기운이 차올랐다. 광주로 옮기지 않고 왕성을 향하고 있으니 죄를 하나 더하는 셈이다. 중벌을 받는다고 해도 내 몫이다. 함주 군영에서 대장군을 만난 후론 한결같은 마음이었다. 가장 빛나는 자린 대장군이 앉아야 하고 나는 그림자로 족하다. 손에 피를 묻히는 일, 더러운 오물을 쥐는 일은 내가 하겠다. 포은이 안타까워하며 만류하곤 했다.

왜 자네가 이런 데까지 앞장선단 말인가. 조준도 있지 않은가. 남은도 있지 않은가. 그들 뒤로 물러나 있게. 나야 자네의 됨됨이를 알고 미루어 짐작하네만 세상은 물론이

* 이백, 「갈 길 어려워라(行路難)」힘든 세상살이를 노래한 시다. 정도전은 다음 구절을 떠올린 듯하다. "갈 길 어려워라 갈 길 어려워라/ 갈림길 많은데 지금 여긴 어디인가?(行路難行路難 多岐路今安在)"

고 등용문에 오른 이들 중에서도 자넬 만나 보지 못한 이가 훨씬 많으이. 그들의 비난을 몸 낮추고 두려워하게. 의(義)를 위한답시고 불인(不仁)하다는 평을 받아서는 아니 될 노릇이야. 스스로 물러나기 곤란하다면 내가 대장군을 찾아가서 뵙겠네. 미래를 준비하기에도 시간이 부족해. 송곳처럼 찌르고 다니며 적을 만들 겨를이 없는 날일세.

웃었다. 포은도 나도 변혁의 시발점은 항상 같았다. 원나라 대신 명나라 중심의 세계를 받아들여야 하며, 불교가 정치에 개입하는 것을 막아야 하고, 군왕이 사리사욕을 채우지 못하도록 법과 제도를 정비해야 하며, 어진 재상을 중심으로 치우침 없이 정치가 이뤄져야 하고, 백성을 최우선에 두고 모든 대소사를 평하고 행해야 한다는 것. 절망의 빛깔과 깊이도 크게 다르지 않았다. 차이점이라면 나는 이 절망을 떨쳐 내기 위해 함주 군영까지 대장군을 찾아갔고 포은은 대장군이 도움을 청해 올 때까지 기다렸다는 것이다. 물론 대장군과 나 사이에 포은이 없었다면, 내가 함주 군영까지 가는 데 몇 번의 어려움이 더 있었으리라. 그러나 그래도 갔겠지 싶다.

내가 목소리 높여 이 나라를 비판할 때마다 포은은 침묵을 지킬 때가 많았다. 보탤 말이 없다는 동의의 표시이기도 했지만 그 말을 하도록 나를 밀어 넣지 않았는가 혹은 최소한 묵인하지 않았는가 하는 괴로움에 젖은 표정이기도 했다. 흥국사에서 아홉 동지가 모여 금상을 왕으로 택한 뒤, 내가 먼저 포은에게 오랜 숙제를 풀듯 말했다.

"형님 뜻대로 조정을 이끌어 주세요. 대장군과 형님 덕분에 이 자리까지 왔으니까요."

포은도 웃었다. 이제 따로 떨어져 그리워하는 일은 없을 것이라고, 함께 나랏일을 보면서 성균관에서 후학을 길러 내자고, 『맹자』도 다시 읽으며 난해한 구절을 논의하자고, 조금 한가해지면 벽란도까지 말을 달려 먼 서쪽 나라들의 진귀한 물품도 구경하고 술 위에 뜬 푸른 찌기(綠蟻)* 후후 불며 술잔도 기울이고, 푸른 강에 비친 꽃가지를 등에 꽂은 채 목란주(木蘭舟)도 타고, 가볍게 흐르는 미인을 위해 시도 짓고 문도 짓고 노래도 부르자고 그랬다.

어떤 벌을 받더라도 파국은 막아야 한다. 성급하다고 나를 꾸짖는 포은이었는데 이번엔 그가 너무 거칠었다. 간관들의 상소를 미리 막았더라면, 상소가 올라오더라도 잠시 미루고 대장군과 내게 의논했더라면, 그리하여 조준, 남은 등을 어명이 아니라 대장군이 따로 해주로 불러 지적할 부분은 지적하고 경계할 부분은 경계했더라면, 일이 이 지경

---

* 녹의(綠蟻). 좋은 술의 별칭.

으로 치닫지는 않았을 것이다. 이방원의 맹렬함은 포은도 익히 알고 있지 않은가. 아직 어리다 여겨 돌아보지도 않았음인가.

동교에 이르렀다. 마음은 벌써 왕성으로 들어섰지만 몸이 말을 듣지 않았다. 더운 여름 햇살을 온종일 쐰 탓일까. 눈꺼풀이 무거워지더니 팔다리에 힘이 빠졌고 눈앞이 캄캄했다. 혼절한 것이다. 이매는 그늘이 짙은 소나무를 택해 그 아래 나를 뉘었다. 등이 땅에 닿는 순간 찬 기운이 뒤통수를 찔렀다. 눈을 뜨고 이매의 팔뚝을 잡았다.

"가세."

"쉬셔야 합니다."

"목숨이 끊어지는 한이 있어도 당장 포은을 만나야 해."

"대감!"

"어서 일으키게. 평생 자넬 원망할 거야."

다시 말에 올랐다. 코와 눈에 힘을 잔뜩 주고 멀리 왕성을 우러렀다. 이매가 천천히 말을 몰았다. 몸이 위아래로 가볍게 흔들렸다. 가지런하게 정리해 둔 생각들도 동이의 술처럼 출렁거렸다. 어지러웠다. 참아 내기 위해 잡념들을 붙들었다. 가라앉아 사라지지 않도록 기억의 그물코를 좁고 단단하게 만들어 당겼다.

먼저 포은을 만나 무사한지 확인한 뒤엔 함께 대장군을

만나러 가는 거다. 대장군도 부상 중이고 내 몸도 성치 않으니, 우리 두 사람의 잔을 채우는 것은 포은의 몫이겠구나.

형님!

형님께서 빈홍과에 응시하셔서 연이어 삼장(三場)에 장원을 거둔 해가 떠오릅니다. 벌써 32년 전이로군요. 한달음에 달려가서 뵈었지요. 목은 선생 문하에 든 동학이었으나 만날 기회가 그 전까진 없었습니다. 형님께서 어머님의 상을 당하여 3년간 시묘살이를 하실 때 제가 목은 선생을 뵈었고, 또 상이 끝난 뒤 형님은 왕성을 잠시 떠나 삼각산에서 이순경(李順卿, 이존오)과 함께 학업에 매진하셨지요.

형님은 다섯 살이나 어린 저를 첫날부터 친구처럼 대하고 큰 가르침을 주셨습니다. 제가 아버지와 어머니의 상을 연이어 당하여 영주로 내려갔을 때 『맹자』를 보내 주셨고, 성균관 학관으로 돌아올 수 있도록 천거하셨으며, 명나라 사행에 동참시켜 세상의 크기를 경험하게 해 주셨고, 동북면에 웅크린 명장의 특별함을 전해 주셨지요. 제가 나주 회진현에서 귀양을 살 때도 용기를 잃지 말라며 시를 보내셨습니다.

벗을 사랑하고 학문을 아끼는 마음이 형님보다 독실한 이를 저는 아직 만나지 못하였습니다. 호방하고 탁월하며 대소사를 따짐에 합당하지 않은 적이 없다고 목은 선생

늘 칭찬하셨지요. 저는 형님으로 인해 백성을 위한 정치를 알았고 형님으로 인해 문장 속에서가 아니라 우리들 삶 속에서 왕도(王道)를 이룰 방안을 구체적으로 고민하게 되었습니다. 형님에게 기대어, 저 간교한 신우와 신창을 몰아내고 신돈으로 대표되는 불제자들이 어지럽힌 나라의 기틀을 바로잡을 수 있었습니다. 형님과 며칠 밤낮을 다투고 또 몇 달 말을 섞지 않은 적도 있었지만, 형님과 다른 길을 걷겠다고 마음먹은 적은 없었습니다. 형님의 마음도 또한 저와 다르지 않을 것입니다.

형님!

다시 머리를 맞대고 다퉈 봅시다. 횡설수설의 강에 빠져 봅시다. 형님의 웅대한 강의를 제가 듣고 저의 얕은 깨달음을 형님이 들으며, 주먹다짐이라도 합시다. 남들이 갈림길이라 부르는 차이를 말끔히 지워 버리십시다. 그러니 제발 눈앞의 위험을 멀리 피하고 이 아우를 기다려 주십시오. 다 왔습니다, 이제 거의. 왕성의 흥겨운 소리와 색색 고운 빛깔과 세상 모든 냄새가 한데 섞인 그 냄새가 제 눈과 코와 입과 귀를, 어제와 오늘 그리고 내일을, 피를 땀을 눈물을, 부끄러움과 자랑스러움을, 죽음을 아니 삶을, 혁명을.

혁명의 적은 누구인가

◉ 태조 3년 갑술년 4월 병술일*

◎ 태조가 정도전과 함께 정몽주의 무덤으로 야음을 틈타 몰래 갔다. 우박이 내렸다.

◎ 공양군이 삼척에서 두 아들과 함께 교살되었다.

임신년(1392년, 공양왕 4년) 4월 정몽주가 죽고 석 달이 지난 뒤 공양군은 태조와 동맹하기 위해 다음과 같은 맹세문을 지었다.

"경이 없었으면 내가 어찌 여기에 이르렀을까? 경의 공과 덕을 내가 어찌 감히 잊겠는가? 하늘이 위에 있고 땅이 곁에 있으니 자손 대대로 서로 해치지 않으리로다. 과인이

---

* 1394년 4월 17일.

경을 저버리는 일이 있다면 이 맹세가 증거가 되리라."

개국 직후부터 방방곡곡에 숨은 왕씨를 색출하였다. 잡아들인 왕씨들을 강화와 거제로 옮겨 가뒀다. 계미일(14일) 삼척과 강화와 거제로 왕씨를 멸하라는 명을 받은 관원들이 일제히 떠났다. 갑신일(15일)에 왕씨들을 강화나루에 던져 죽였고, 병술일에 공양군 왕요(王瑤)와 두 아들의 목숨을 거두었다.

누군가에게 자신의 생애를 한꺼번에 털어놓는 것은 어리석다. 단 하루만 지나도 전혀 다른 이야기가 떠오른다. 삶을 한 줄로 꿰는 것은, 그 사람의 복잡다단함을 한두 문장으로 줄이는 것만큼이나 한심하다. 나 정도전을 누구라고 단정 짓는 말들이 많지만, 언제든 나는 그 말들의 바깥에서 내가 지닌 가장 소중한 것들을 보여 줄 수 있다.

내가 이야기 자체를 부정하는 것은 아니다. 일관되게 펼쳐진 회고담을 의심할 뿐이다. 이 이야기에서 저 이야기로의 건너뜀, 무관함과 유관함, 생략과 확장의 순간을 나는 아낀다. 한 인간의 다양함을 설명하기 위해선 이 각각의 이야기들을 빠짐없이 판 위로 올려야 한다. 정도전이란 인간을 하나의 정신, 하나의 목소리로만 취한다면 이야기들 중 대다수는 사라질 것이다.

나는 특히 나 자신에 관한 이야기에 관심이 많다. 부끄러움은 오로지 나에게로 향하는 법. 나이가 들수록 더 자주, 더 많이 부끄럽다. 내가 저지른 잘못들이 병풍 그림자처럼 깔려 오는 탓이다. 사과하고 싶지만 상대가 이미 곁에 없거나, 있다 해도 그 일을 기억 못하는 경우가 대부분이다.

이매를 불러 채비를 갖추고 남문 밖에서 기다렸다. 그동안 먹고 마셔 망량만큼이나 살이 찐 이매가 물었다. 부족함을 채우는 것이 최선도 아니고 차선도 아닌 예가 이것이다.

"지금도 그리 믿으십니까?"

눈으로 되물었다. 무엇을 말인가.

"그제 강화나루에서 왕씨들을 수장시켰습니다. 남녀노소 가리지 않고, 젖먹이까지 줄 하나에 묶어 바다에 빠뜨렸지요. 오늘은 공양군과 두 아들을 참할 것이고, 또 며칠 후엔 거제에 가둔 왕씨들을 바다에 던지겠지요. 이런 질문이 찾아들었습니다. 과연 이들을 다 죽일 필요가 있을까. 왕씨를 모조리 도륙해야지만 이씨의 나라가 무사한가."

"자네와 망량이 나를 찾아왔던 때가 있었지. 자네들 계획대로 봉기꾼들을 모아 거사에 성공했더라면 어찌했을까? 아마도 왕씨들과 그 밑에서 꼬리나 치던 대신들을 참하였겠지. 숫자의 많고 적음은 있겠으나 결과는 다르지 않다고 보네."

2년 전 망량이 홀로 조영규의 무리를 막다가 척살당한 뒤, 이매는 말이 많아졌다. 술도 늘었다.

"왕씨를 모두 합쳐 놓은 것보다 포은 한 사람이 더 소중하다고도 하셨습니다. 지금도 그리 믿으십니까?"

고개를 끄덕였다.

"포은이 살아 있다면 왕씨에 대한 이 처결을 어찌 여길까요?"

"사람들은 선과 악을 분명하게 가르는 걸 좋아하지. 그래야 선에 한 발을 얹고 악을 미워할 테니까. 그리고 그들은 지금을 기준으로 과거를 지우고 바꾸고 새로운 걸 덧붙여. 포은이 척살당한 것만 주목하여, 그와 내가 처음부터 대립했다는 소설을 쓰지. 정몽주는 평생 고려를 위해 목숨 바쳐 충성했고, 정도전은 고려를 무너뜨리기 위해 온갖 술수를 다 부렸다고. 이것이 내가 서둘러 사료를 정리해서 『고려국사』를 엮어 내려는 뜻이기도 해. 확실한 사실은 포은과 내가 공양군을 왕으로 옹립하기로 흥국사에서 결정할 때까지 같은 길을 걸었다는 걸세. 나를 전하께 추천한 이도 그렸고, 또한 위화도에서 돌아와 최영 장군을 가두고 끝내 죽일 때, 포은은 반대하지 않았네. 왕씨를 모조리 참하는 일엔 반대할지도 모르지. 그러나 거대한 역사의 흐름을, 혁명의 대세를 그도 받아들일 걸세. 그는 나였고 나는 그였네. 내가 지금 마무리 중인 『조선경국전』의 기반과 기둥 역시 포은과의 오랜 대화에서 나온 것들이야. 그가 없었으면 『조선경국전』도 없네. 이게 진실이지."

이매는 집요했다. 떠날 구실을 찾는 듯도 했다.

"잊으셨습니까? 포은이 살해되면 혁명이 미완으로 끝날지도 모른다고 걱정하셨습니다."

"평탄 대로가 굽이굽이 협로로 바뀌었지만, 그래서 내 어깨가 몇 배 더 무겁고 시일이 몇 해 더 늘더라도 가야겠지. 마지막까지 내 곁에 머물러 주게나."

이매가 처음으로 거절했다.

"어렵겠습니다."

전하께서 내관도 거느리지 않고 미복으로 나오셨다. 이매를 앞세우고 나란히 말을 달려 해풍으로 향했다.

"「이매망량전」은 잘 읽었네. 하면 저이가 망량인가?"

"이매입니다. 망량은 선지교에서 포은과 함께 죽었습니다."

"망량이 죽었다고? 소설에선 자네를 도와 조선을 세운 뒤 둘 다 나주로 돌아가고, 그 후 고향에서 조용히 사는 것으로 끝을 맺더군."

선지교에서 정몽주가 죽고 개국 준비로 바쁜 어느 밤에 「이매망량전」을 퇴고하여 마쳤다. 마음의 어떤 매듭이 필요했는지도 모른다.

"소설과 현실은 다릅니다. 소설에선 이매가 평생 홀쭉이로 지내지만, 현실에선 망량만큼 살이 찌기도 하지요."

"왜 그리 식탐을 부린 건가?"

"망량 몫까지 먹고 마셔서 그렇습니다. 사람은 없는데 음식과 술은 망인의 것까지 챙겼지요."

"소설에 간간이 담긴 노래들을 듣고 싶었네. 특히 「이매망량가」가 중간에 끊겨 많이 아쉬웠네."

"퇴고를 하며 이매에게 거듭 청하였으나 부를 수 없다더군요."

"이유가 무엇인가?"

"망량을 포함하여 그 무리의 노래판이 깔려야 한답니다. 이야기를 주고받듯 노래도 주고받는 것이라더군요. 검과 검이 겨루듯 말입니다. 함께 노래할 도깨비가 한 마리도 없답니다, 이제!"

"또 다른 소설을 쓸 건가?"

"아닙니다. 오래전 전하와 맺었던 약속이기에 붓을 놀렸습니다만, 소설은 소설가들에게 맡겨야죠."

"그러지 말게. 재주가 아깝군. 제갈공명의 활약상을 다룬 이야긴 어떤가? 함주에서 무수히 많은 밤을 보내며 그 비범한 사내가 승리로 이끈 적벽을 비롯한 숱한 전투들을 논했었지. 처음 듣는 일화도 많았다네."

"포은이 더 넓고도 깊게 알았지요. 저는 그저 한두 군데 북소리를 울리고 화살을 쏘는 정도였습니다."

"아닐세. 둘 다 막상막하였어. 특히 진법을 논할 땐 두 사람이 장수가 되어 전투를 벌이듯 팽팽하였지. 참으로 아름다운 나날이었네. 이매는 관직이 무엇인가?"

"벼슬을 하고 있지 않습니다."

"자넬 보좌한 공만 해도 당상관에 오를 만큼 크지 않은가?"

"벼슬을 하려고 저를 도운 게 아니랍니다."

"그래도 그냥 둘 순 없지. 늦었지만 벼슬을 내려야겠네. 어떤 관직이 좋을까? 무예에 능하니 내가 있던 함주를 맡기면 어떻겠는가?"

"내일 아침 전라도 나주로 낙향하겠다는군요."

"많이 섭섭했나 보군."

더 이상 이매 이야기를 하고 싶지 않았다.

"소원이 하나 있습니다."

"말해 보게. 이매를 챙길 다른 방도라도 떠올랐나?"

"나라의 기틀이 잡히고 나면, 저도 나주로 내려갈까 합니다. 이왕이면 귀양을 보내 주십시오."

"그 무슨 망언인가. 내가 왜 자넬 귀양 보낸딴 말인가? 귀양을 보내 달라 스스로 청하는 이유가 대체 뭔가?"

"가끔 마지막을 그려 보곤 합니다. 늙고 병들면 물러나 쉬다가 사라지는 것이 인생 아니겠습니까."

"아직 그런 걱정 할 나이 아니지. 먼 훗날 관직에서 물러날 때가 온대도 전답과 하인을 넉넉히 내려 줌세. 밤낮없이 공무에 바빴으니 노년을 편히 보낼 자격이 있어."

"전답도 하인도 필요 없습니다. 부족한 솜씨와 식견으로 급히 나라를 만들다 보니 잘못한 일들이 적지 않을 겁니다. 조정 신료들을 꾸짖지 마십시오. 제가 그 죄를 다 짊어지고 벌을 받겠습니다."

말머리를 돌리셨다.

"왜 하필 나주인가?"

"나주로 귀양 가지 않았더라면 백성의 진짜 삶을 몰랐겠지요. 고마운 그곳에서 땀 흘리며 전답을 일구다가 허허롭게 사라지고 싶습니다."

"같이 가세, 그럼."

"저, 전하!"

"그리 좋은 곳을 삼봉 혼자만 가게 둘 순 없지. 자네가 왕성을 떠날 때 세자에게 양위하고 동행하겠네. 그래, 꼭 그렇게 하세. 우린 평생 친구 아닌가."

우박이 갑자기 쏟아져 산길이 더욱 험했다. 선지교에서 포은이 죽은 직후에 한 번, 조선을 세운 직후에 또 한 번, 전하는 나와 단둘이 포은의 무덤에 가자고 권하셨다. 나는 아직 때가 아니라며 두 번 다 미루었다. 오늘까지 내가 동행하지 않는다면 당신 혼자라도 옥지(玉趾)*를 움직이시겠다는 뜻을 넌지시 비추셨다. 해풍에 이르니 우박이 그쳤다. 이매는 말 세 마리를 거두어 참나무 아래에 머물렀다.

전하와 나, 단둘이 밤길을 따라 언덕을 올랐다. 땀이 흐르고 발이 자꾸 진창에 빠졌다. 전하께서 어깨를 감싸 쥐고 직접 부축해 주셨다. 겨우 비탈을 벗어날 즈음 하문하셨다.

"그 시 기억나는가? 언젠가 늦봄에 한산부원군이 읊었지. 꽃은 이미 늙었는가, 라고 질문을 던지면서부터 시작했는데."

---

* 왕의 발꿈치.

"기억하고 있습니다. 「봄을 느끼다(感春)」란 시지요."*

늦봄이라 우기기엔 이미 늦은 초여름이다.

"그 시가 어찌 끝나더라? 가물가물하군."

"'봄이 어떤 곳과 친하고 친하지 않음이 있으랴.'입니다."

"그래 맞아. 봄은 왕성 안이라고 특별히 친하고 왕성 밖이라고 특별히 거리를 두지 않아."

"왜 하필 지금 그 시를……?"

"별건 아닐세. 포은에게 가는 길이라서 그런지 문득 이런 생각이 드는군. 산 자라고 특별히 친하고 죽은 자라고 특별히 거리가 느껴지진 않는다네. 죽은 포은이나 살아 있는 자네나 똑같이 내겐 소중한 벗일세."

"저도 그렇습니다."

포은의 무덤 앞에서 우리는 잠시 밤하늘을 쳐다보았다. 북두성 자루도 보이지 않는 먹먹한 어둠이다. 준비한 술 한 잔을, 예법을 쫓아 내가 올리겠다고 했으나 전하께서 직접 따라 놓으셨다. 왕이니 뭐니 귀찮다며 이 밤만은 벗

---

* 이색, 「감춘(感春)」의 전문은 이렇다. "꽃은 이미 늙었는가, 오는 사람에게 묻기를/ 성 안에 따로 봄이 있던가?/ 걸어서 동쪽 산에 올라 도로 크게 웃네/ 봄은 어떤 곳과 친하고 친하지 않음이 있으랴.(花今衰未問來人 恐是城中別有春 步上東山還大哂 東君何處着嫌親)"

으로 지내자고 손사래까지 치셨다. 하문하셨다.

"아직도 모르겠네. 포은을 꼭 죽여야 내가 왕이 될 수 있었던 걸까? 나는 삼봉과 포은, 둘 중 누구도 잃고 싶지 않았으이. 내가 해주에서 낙마하지만 않았다면, 포은이 설령 개국에 동참하지 않겠다고 고집을 부려도, 목은이나 야은처럼 편히 여생을 보내도록 배려할 수 있었을 것이야."

답하였다.

"혁명의 적은 포은이 아니었습니다. 그리고 그 적은 아직 사라지지 않았습니다."

"누구란 말인가?"

"전하의 명을 어기고 사사롭게 용상을 넘보는 자입니다. 그때나 지금이나."

하교하셨다.

"정안군은 따로 불러 단단히 일러 두었네. 궁궐 출입도 줄이고 경치 좋은 산천을 벗 삼아 마음을 다스리라고 말이야."

정안군 이방원은 포은을 참살하여 내 발등을 찍었다. 대장군 앞으로 보낸 서찰도 막고 망량까지 죽였다. 나는 이방석을 세자에 올림으로써 그 빚을 갚아 주었다. 정안군과 나는 서로의 이름만 듣고도 심장을 뜯어 먹지 못해 분통을 터뜨리는 사이가 되었다.

"한 번 인육을 맛본 호랑이가 다시 마을을 찾듯이, 한 번 배신한 자는 또 배신하기 마련입니다."

"세자는 어떠한가?"

"뛰어난 자질에 성품까지 온화하고 공부를 즐겨 이른 아침부터 이슥한 밤까지 서책을 손에서 놓지 않으십니다. 서연관(書筵官)인 문하좌시중 조준, 판중추원사 남재, 첨서 중추원사 정총 등이 모두 그 학문의 일취월장에 놀라고 있습니다. 저도 세자이사(世子貳師)*의 중책을 맡게 되어 서연에 자주 참석합니다만, 저하께서 답을 못하거나 머뭇거리는 것을 본 적이 없습니다."

"반드시 성군으로 키워 주시게. 조선이란 나라의 틀을 닦은 이가 바로 삼도도총제사 그대이지 않는가?"

"저 혼자 한 일이 아닙니다. 공맹의 가르침에 충실한 나라를 포은과 오랫동안 준비하였습니다."

말머리를 돌리셨다.

"포은에 관하여 마지막으로 하나만 묻고 싶군. 벗으로서 솔직히 답해 주게나. 공양군을 세울 때까진 자네와 나 그리고 포은 사이엔 어떤 틈도 없었네. 그런데 공양군이 즉위한 뒤부터 포은은 엇나가기 시작했어. 자네가 어떤 식으로 포

---

* 세자시강원 종일품 벼슬.

242

은을 감싸더라도, 적어도 포은은 나보다 공양군이 용상에 앉아 있는 편이 더 낫다고 판단한 듯하네. 포은이 왜 그랬을까. 고려에 대한 절개라든가 역성 왕조에 대한 부당함 따위 접어 두고, 포은의 판단을 포은의 시선에서 파악하고 싶네. 혹시 말일세. 포은은 삼봉 자네도 누누이 강조했듯이 재상 중심의 정치를 내가 아니라 공양군 아래에서 실현시키는 편이 낫다고 본 것은 아닐까. 새로 왕조를 열면 자연스럽게 개국한 왕에게 모든 권력이 집중될 수밖에 없고, 성질 고약하고 억센 나보단 다정다감하고 부드러운 공양군 아래에서 차근차근 뜻을 펴려고 했던 것은 아닐까."

무서운 말씀이셨다. 혁명의 적이 혹시 당신이 아니었나 하는.

"왕의 자질이 한결같지 않은 것은 사실입니다. 그렇기 때문에 모든 일을 통괄하고〔宰〕 도와서 바로잡는〔相〕 이가 필요하겠지요. 포은은 그 직책을 맡기에 가장 적당한 신하였습니다. 그러나 공양군은 겁이 많고 우유부단하면서도 또한 음흉한 구석이 있어서 전하와 저 그리고 포은의 사이를 벌어지게 만들고 듣기 좋은 말만 하여 민심을 얻고자 술수를 부렸습니다. 토지와 조세를 개혁하고 목은 등을 벌하여 역사를 바로잡는 일에도 시간을 끌며 소극적인 태도로 일관하였지요. 포은에게 일생일대의 실수가 있다면 그

것은 바로 공양군의 더러운 면을 보지 못한 겁니다. 물론 이러한 실수조차도, 정안군의 성급한 움직임만 없었다면, 전하와 제가 충분히 지적하고 바로잡았겠지요."

"포은은 전혀, 자네와 나를 척살하려는 마음을 먹지 않았단 말인가?"

이 물음을 포은에게 직접 던지지 못하는 것이 안타까우시겠지. 그것은 곧 나의 아쉬움이기도 했다. 그리고 나는 이 물음에 대해 제법 긴 답을 품고 있었다. 그것을 세상에 뱉어야 하는가는 아직 정하지 못했지만.

"꼭 듣길 원하십니까?"

고개 끄덕이셨다.

"다른 사람은 몰라도 포은만은 선지교에서 쓰러지는 마지막 순간까지 우리를 진심으로 대했다고, 지금도 저는 믿고 있습니다. 정안군은 포은도 사람이며 고려를 지키려는 마음이 강하니, 선의의 거짓말을 해서 전하와 저를 속이고 급습하여 죽인다고 해도 이상한 일이 아니라고 주장했지요. 전하께서 낙마하시고 포은이 피살된 열여덟 날 동안, 포은은 과연 단 한순간도 흔들린 적이 없었을까요. 이미 확인되었듯이 많은 이들이 포은에게 가서 전하와 저를 죽이자고 권하였지요. 선지교에 자주 갔었습니다. 낮에도 가고 밤에도 가고, 햇살 따가운 여름에도 눈 쌓인 겨울에도 가서, 포은이 쓰러졌던 자리에 손바닥을 대어 보곤 했습니다. 이것이냐 저것이냐 단순한 물음이, 거기서 그렇게 앉았노라면 경계가 흐려지더군요. 포은이 흔들렸다 해도 흔들릴 만한 이유가 있었던 것이리라. 잊지 말아야 할 점은 그런 흔들림조차 덮고 갈 만큼, 전하와 저와 포은이 함께 견디며 쌓은 세월이 두텁다는 겁니다. 그러니 그 열여덟 날을 이리저리 파내고 되살피는 짓은 부질없습니다. 우리가 전혀 바라지 않는 식으로 불행은 찾아와 버렸고 여기까지 흘렀으니까요. 질문을 이렇게 바꿔 본다면 어떨까 합니다. 제가 흔들린다면 전하는 저를 어찌하실 건지요? 전하가 흔들린다 해도, 저는 흔들릴 만한 이유가 있다고 여긴 뒤 덮고 지나갈 겁니다. 이것만이 포은의 죽음을 헛되지 않게 하는 길이지요."

고개 돌려 나와 눈을 맞추셨다.

"고맙네. 나 역시 자네가 땅을 찢고 물을 가를 듯 흔들려도, 백이면 백 자네의 죄를 묻지 않겠네. 이제 자네가 마지막 남은 벗일세. 새해가 되어도 마음 편히 도소주(屠蘇酒)*를 마실 사람이 없군. 「세화십장생(歲畵十長生)」은 가까이 두고 볼만하던가?"

---

* 새해 첫날 마시는 술.

지난 정월 새해를 맞아 내려 주신 선물이었다. 하나 남은 벗이 오래오래 살기를 바라는 마음이 듬뿍 담겼다.

"언제든 부르십시오. '유주유주(有酒有酒)!'* 외치며 달려가겠습니다."

"가끔은 왜 이다지도 왕 노릇을 하기 싫은 걸까 스스로 묻는다네. 나는 장수를 거쳐 왕이 된 것이 아니라 어쩔 수 없이 용상에 오른 불행한 장수가 아닐까. 자네만은 끝까지 지켜 주지. 자네가 정녕 호랑이 잡는 육덕위라고 해도 말일세. 나 이성계의 조선이 아니라 정도전의 조선이라고 여기고 힘껏 뜻을 펼쳐 큰 바다를 건너가게나."

"명을 받들겠습니다."

"낯설군. 개국한 지 2년이 가까웠는데도 익숙해지지가 않아. 포은이 내 술 한 잔 받지 못하는 저기 무덤 속에 누운 것도, 또 삼봉 자네가 신하의 예를 갖추는 것도. 새벽에 잠을 깨면 아직도 장검과 각궁부터 찾아든다네. 왜구가 들이닥쳤단 보고를 받으면 장수들을 보내는 대신 내가 정예병을 이끌고 바람처럼 솟구쳐 휘날리듯 달려가야 할 것 같고. 조선의 왕이 아니라 고려의 장수로 아직 살고 있단 느

---

* 도연명, 「머무른 구름(停雲)」에 이런 구절이 있다. "술이 있고 술이 있으니 동창에서 한가로이 술을 마시네.(有酒有酒 閒飮東窓)"

낌이 하루에도 몇 번씩 든다네. 자네도 그렇지 않은가?"

나는 포은의 무덤을 내려다보며 답했다.

"차차 익숙해지실 겁니다."

혁명은 아직 끝나지 않았다. 천고(千古)부터 무궁(無窮)까지, 끝나지 않는 것을 혁명이라고 부르는지도 모른다. 술처럼 짙어 가는 봄날 시름에 깁〔紗〕처럼 얇아지는 세상의 맛이런가. 밤을 새워 고쳐 적었으되 무덤에서 차마 못 읽은 문장들이 가슴을 찌르고 혀끝을 맴돌았다. 까막까치가 울었다.

평생 길 위에 서서 길을 찾음이여! 익재와 목은의 아늑함이여! 누구보다도 빨리 읽고 많이 깨닫고 치열하게 생각하고 오래 이야기함이여! 김득배 장군이여! 압록강을 건너가는 고단함이여! 양자강의 버드나무여! 밤을 밝히는 성균관의 등잔이여! 문하(門下)의 맑은 눈동자여! 함주의 흙먼지여! 운봉의 백우전(白羽箭)이여! 길동무 삼은 맹자여! 단 한 사람의 울음에도 귀 기울임이여! 굴원이여! 사마천이여! 깎고 지우고 덜어 냄이여! 말 머리를 돌리는 날의 쓸쓸함이여! 흥국사에서 보낸 어제와 작년과 전생이여! 거문고를 어루만지던 긴 손가락이여! 무엇보다도 가장 아끼던 글자, 백성 민(民)이여! 갈라지고 다시 만난 순간이여! 틈 아닌 틈이여! 어느새 두 번 해가 바뀌었어라. 세월이 벽란도의 물살처럼 급히 흘렀다는 핑계여! 그 얼굴 떠올리며 옛 맹세를 떠올리노라. 나라도 바뀌고 시절도 달라졌으되, 똑바로 찾아와서 이 술 한 잔 마시며 호방한 웃음 들려주길. 물처럼 흘러가는 내 목소리 들리는가, 들리지 않는가? 아! 슬프도다.

(끝)

참고 문헌

『혁명』은 여러 국학자들의 탁월한 연구 성과에 힘입어 창작되었다. 특히 한영우, 김용옥, 김창현, 김당택 선생님의 저서와 논문을 읽으며 많은 것을 배웠다. 1980년대 후반 대학에 입학한 후 많은 혁명가의 생애를 접했다. 혁명과 건국에 성공한 외국 혁명가들과 어깨를 나란히 한 우리 혁명가로는 정도전이 유일했다. 한영우 선생님의 연구가 없었다면 정도전의 진면목을 알기 어려웠을 것이다. 이번 작업에서도 선생님의 저서 『왕조의 설계자 정도전』과 주석서 『조선경국전』을 바탕으로 광활한 인간의 인생 역정을 쌓아 나갈 수 있었다. 김용옥 선생님의 저서 『삼봉 정도전의 건국철학』과 『맹자, 사람의 길』은 정도전 사유의 핵심과 그 신념의 근원을 이해하는 데 큰 도움을 주었다. 김창현 선생님의 다채로운 논저를 따라서 고려의 특질을 배웠다.『고려 개경의 편제와 궁궐』을 늘 펼쳐 놓고 길과 건물을 확인했으며,『신돈과 그의 시대』로부터 공민왕 시절의 명암을 그려 볼 수 있었다. 김당택 선생님의 연구를 통해 조선 건국의 정치적 과정을 새롭게 이해하였다.『이성계와 조준·정도전의 조선왕조 개창』에서 다룬 이성계와 정몽주 그리고 정도전의 운명적 만남과 헤어짐은 소설의 흐름을 더욱 선명하게 만들어 주었다.

동아대학교 석당학술원에서 새롭게 역주한『고려사』를 읽으며 내내 행복하였다. 깔끔한 번역도 좋았고, 연구 성과까지 소상히 밝힌 주석은 내 부족한 상상력을 확장시키는 믿음직한 징검다리였다.

정도전을 비롯한 고려말 조선초 인물들을 1년 동안 함께 검토하고 파주까지 와서 산책하며 토론한 김준태 님과 고려의 생활과 문화를 반년 남짓 같이 공부한 정미진, 오기쁨 님에게 감사의 뜻을 전한다.

『혁명』에 직접 인용하거나 간접으로 녹인 중요한 참고문헌을 아래에 제시한다.

자료편

권근,　『양촌집』, 신호열 역, 민족문화추진회, 1979

나옹,　『한가로운 도인의 길 — 나옹화상법어집』, 김달진 역주, 세계사, 1992

도연명,　『도연명 전집』, 이치수 역주, 문학과 지성사, 2005

보우,　『태고집』, 설서 편, 김달진 역주, 세계사, 1991

서긍,　『고려도경』, 조동원 외 4인 공역, 황소자리, 2005

이곡,　『가정집』, 이상현 역, 민족문화추진회, 2006

이색,　『목은집』, 임정기, 이상현 역, 민족문화추진회, 2000–2005

이숭인,　『도은집』, 이상현 역, 한국고전번역원, 2008

이제현,　『익재집』, 김철희 외 역, 민족문화추진회, 1979

정도전,　『삼봉집』, 김도련 외 3인 공역, 민족문화추진회, 1977

정도전,　『삼봉집』, 심경호 역, 한국고전번역원, 2013

정도전,　『조선경국전』, 한영우 역, 올재, 2012

정도전,　『증보 삼봉집』, 정병철 편역, 한국학술정보, 2009

정몽주,　『포은선생집』, 포은학회 편, 한국문화사, 2007

조준,　『송당집』, 변종현 외 2인 공역, 한국고전번역원, 2013

『**고려사**』, 동아대학교 석당학술원 역, 경인문화사, 2006–2011

『**고려사절요**』, 이재호 외 7인 공역, 민족문화추진회, 1968

『**태조실록**』, 이재호 역, 세종대왕기념사업회, 1972

연구편

고혜령,　「고려후기 사대부와 성리학 수용」, 일조각, 2001

김남일,　「고려말 조선초기의 세계관과 역사의식」, 경인문화사, 2005

김당택,　「이성계와 조준 · 정도전의 조선왕조 개창」, 전남대학교 출판부, 2012

김성룡,　「여말선초의 문학사상」, 한길사, 1995

김영수,　「건국의 정치」, 이학사, 2006

김용옥,　「맹자, 사람의 길」, 통나무, 2012

김용옥,　「삼봉 정도전의 건국철학」, 통나무, 2004

김종진,　「정도전 문학의 연구 — 문학관과 시세계」, 고려대 박사학위논문, 1990

김창현,　「고려 개경의 편제와 궁궐」, 경인문화사, 2011

김창현,　「신돈과 그의 시대」, 푸른역사, 2006

김청환,　「포은 정몽주의 의리사상 연구」, 성균관대 석사학위논문, 2000

도현철,　「목은 이색의 정치사상 연구」, 혜안, 2011

명희복,　「정삼봉시가문학연구」, 경기대학교 박사학위논문, 1998

박용운,　「고려시대 개경 연구」, 일지사, 1996

박종기,　「5백년 고려사」, 푸른숲, 1999

박종기,　「지배와 자율의 공간, 고려의 지방사회」, 푸른역사, 2002

배상현,　「고려후기 사원전 연구」, 국학자료원, 1998

이숙경,　「고려말 조선초 사패전 연구」, 일조각, 2007

이승환, 『혼혈왕 충선왕』, 푸른역사, 2012

이영, 『잊혀진 전쟁 왜구』, 에피스테메, 2007

이이화, 『개혁의 실패와 역성혁명』, 한길사, 1999

이이화, 『조선의 건국』, 한길사, 2000

이한우, 『태종, 조선의 길을 열다』, 해냄, 2005

정성식, 「려말선초의 역사적 전환과 성리학적 대응과 관한 연구」, 성균관대 박사학위논문, 1997

정성식, 『정몽주』, 성균관대학교 출판부, 2009

정연수, 「나옹혜근의 간화선에 관한 연구」, 성균관대 석사학위논문, 2004

조너선 D. 스펜스, 『롱산으로의 귀환』, 이준갑 역, 이산, 2010

조유식, 『정도전을 위한 변명』, 푸른역사, 1998

존 B. 던컨, 『조선왕조의 기원』, 김범 역, 너머북스, 2013

지영재, 『서정록을 찾아서』, 푸른역사, 2003

최상용, 박홍규 공저, 『정치가 정도전』, 까치, 2007

최지연, 「정도전 산문 연구」, 홍익대 박사학위논문, 2009

한국역사연구회, 『개경의 생활사』, 휴머니스트, 2007

한국역사연구회, 『고려의 황도 개경』, 창작과 비평사, 2002

한영우, 『왕조의 설계자 정도전』, 지식산업사, 1999

한재표, 「삼봉 정도전 시의 연구」, 성균관대 석사학위논문, 2001

● '소설 조선왕조실록'을 펴내며

인생의 향기가 유난히 강한 곳엔 잊지 못할 이야기가 꽃처럼 놓여 있다. 이야기들은 시간의 덧없는 풍화를 견디면서, 생사의 경계와 세대의 격차 혹은 거리의 원근을 따지지 않고 영원을 향해 자신을 밀어붙인다. 역사가 그 움직임의 거대한 구조에 주목한다면, 소설은 그 움직임의 구체적 세부를 체감하려 든다.

인류는 현재의 화두로 과거를 끊임없이 재구축해 왔다. 미래는 아직 오지 않은 과거이기에, 과거를 고찰하는 것은 곧 현재를 뛰어넘어 미래로 도약하는 방편이다. 선조의 삶을 핍진하게 담은 어제의 신화, 전설, 민담 역시 오늘의 소설로 재귀해야 한다. 60여 권이 훌쩍 넘을 '소설 조선왕조실록'에서 다룰 대상은 500여 년을 이어 온 나라 조선이다. 조선은 빛바랜 왕조에 머무르지 않는다. 국가의 운명을 둘러싼 정치 경제적 문제에서 일상에 스며든 생활 문화적 취향에 이르기까지, 21세기 한국인의 삶에 계속해서 육박하는 질문의 기원이 그 속에 자리 잡고 있다.

일찍이 한국 근대문학의 선구자인 이광수를 비롯하여 김동인, 박태원, 박종화 등 뛰어난 작가들은 조선에 주목하여 소설화에 힘썼다. 이 왕조의 중요 인물과 사건을 이야기로 담는 일이 개화와 독립 그리고 건국의 난제를 넓고도 깊게 고민하여 해결책을 찾는 길임을 예지했던 것이다. 그 당시 독자들은 이들을 읽으면서, 각자에게 닥친 불행의 근거를 발견했고 눈물을 쏟았고 의지를 다졌고 벅차올랐다. 등장인물들은 오래전 흙에 묻힌 차디찬 시신이 아니라 더운 피가 온몸으로 흐르는 젊은 그들이었다. 안타깝게도 이 걸작들은 세월과 함께 차츰 망각의 강으로 가라앉았다. 21세기 독자들과 만나기엔 문장 감각도 시대 인식도 접점을 찾기 어려웠다.

　최근 들어 조선을 다루는 소설과 드라마 혹은 영화의 확산은 환영할 일이다. 하지만 붓끝을 지나치게 자유로이 놀려 말단의 재미만 추구하고 예술적 풍미를 잃은 작품이 적지 않은 것도 사실이다. 역사소설의 '현대성'은 사실의 엄정함을 주로 삼고 상상의 기발함을 종으로 삼되, 시대의 문제를 정면으로 응시하고 국학계의 최신 연구 성과를 두루 검토한 후 그에 어울리는 예술적 기법을 새롭게 선보이는 과정에서 획득된다.

　'소설 조선왕조실록'은 새로운 세기에 걸맞도록 조선 500년 전체를 소설로 재구성하는 작업이다. '소설 조선왕조실록'을 평생 걸어갈 여정의 깃발로 정한 이유는, 세계기록문화유산으로 등재될 만큼 정밀하면서도 풍부하게 하루하루를 기록한 이들의 정신을 본받기 위함이다. '조선왕조실록'이 궁중 사건만을 다룬 기록이 아니라 정치, 경제, 사회, 문화모두를 포괄하는 기록이듯이, '소설 조선왕조실록' 역시 정사와 야사, 침묵과 웅변, 파괴와 생성의 세계를 넘나들며 인생과 국가를 탐험할 것이다. 아직 작가의 손이 미치지 못한 인물과 사건은 신작으로 발표하고 이미 관심을 두었던 부분은 기존 작품을 보완 수정하여 펴내, 거대한 퍼즐을 맞추듯 조선을 소설로 되살리겠다. 한 왕조의 흥망성쇠를 파노라마처럼 체험하는 것은 작가에게도 독자에게도 특별한 경험이리라.

　세르반테스는 『돈키호테』에서 일찍이 강조했다. "역사는 진실의 어머니이며 시간의 그림자이자 행위의 축적이다. 그리고 과거의 증인, 현재의 본보기이자 반영, 미래에 대한 예고이다." 이제 조선에 새겨진 우리의 미래를 찾아 들어가려 한다. 서두르지 않고 황소걸음으로 한 문장 한 문장 최선을 다하겠다. 이 길고 오랜 여정에 독자 여러분의 강렬한 격려를 바란다.

김탁환

소설 조선왕조실록 02

혁명 2 광활한 인간 정도전

1판 1쇄 펴냄 2014년 2월 7일
1판 6쇄 펴냄 2014년 12월 10일

지은이 김탁환
발행인 박근섭·박상준
펴낸곳 (주)민음사

출판등록 1966. 5. 19. 제16-490호
주소 (135-887) 서울특별시 강남구 도산대로1길 62(신사동)
     강남출판문화센터 5층
대표전화 515-2000 | 팩시밀리 515-2007
홈페이지 www.minumsa.com

ISBN 978-89-374-4203-2 04810
ISBN 978-89-374-4201-8 (세트)